中国古代

文学史（一）

主　编　尚德机构学术中心

副主编　欧　蓬　刘通博　杜　铮　高智威

编　者　赵梦尧　孙　涛　马明明　何会军

清华大学出版社

北　京

内 容 简 介

学习古代文学，有利于了解和弘扬中华民族优秀的传统文化，汲取先贤的智慧，迎接全新的时代。本书介绍了中华民族的古代经典文学作品，也梳理了中华文脉的发展变迁，主要涵盖了先秦文学、秦汉文学、魏晋南北朝文学、隋唐五代文学这四个部分，以经典作品、作者为线索，反映出不同时代文学理念、文学思潮的兴替，以及文体和创作特色的演变。

本书吸纳了尚德机构学术中心最新教研成果，紧随自考变化，设计模块化学习系统，帮助考生突破该科目内容杂、考点多、自学慢的难题，全面提高学习效果，适用于全国高等教育自学考试汉语言文学本科考生 。

图书在版编目（CIP）数据

中国古代文学史. 一 / 尚德机构学术中心主编. —北京：清华大学出版社，2020.5（2020.8重印）
ISBN 978-7-302-55253-6

I. ①中… Ⅱ. ①尚… Ⅲ. ①中国文学 – 古代文学史 – 高等教育 – 自学考试 – 教材 Ⅳ. ①I209.2

中国版本图书馆 CIP 数据核字（2020）第 050672 号

责任编辑：王巧珍
封面设计：尚德机构学术中心
责任校对：王荣静
责任印制：宋 林

出版发行：清华大学出版社
　　网　　址：http://www.tup.com.cn，http://www.wqbook.com
　　地　　址：北京清华大学学研大厦 A 座　　　　邮　　编：100084
　　社 总 机：010-62770175　　　　　　　　　　邮　　购：010-62786544
　　投稿与读者服务：010-62776969，c-service@ tup. tsinghua. edu. cn
　　质量反馈：010-62772015，zhiliang@ tup. tsinghua. edu. cn
印 装 者：北京鑫丰华彩印有限公司
经　　销：全国新华书店
开　　本：185mm×260mm　　　印　　张：14. 25　　　字　　数：291 千字
版　　次：2020 年 5 月第 1 版　　　印　　次：2020 年 8 月第 2 次印刷
定　　价：49. 80 元

产品编号：086391-01

本书编委会

主　编　尚德机构学术中心

副主编　欧　蓬　刘通博　杜　铮　高智威

编　者　赵梦尧　孙　涛　马明明　何会军

全书知识结构图解

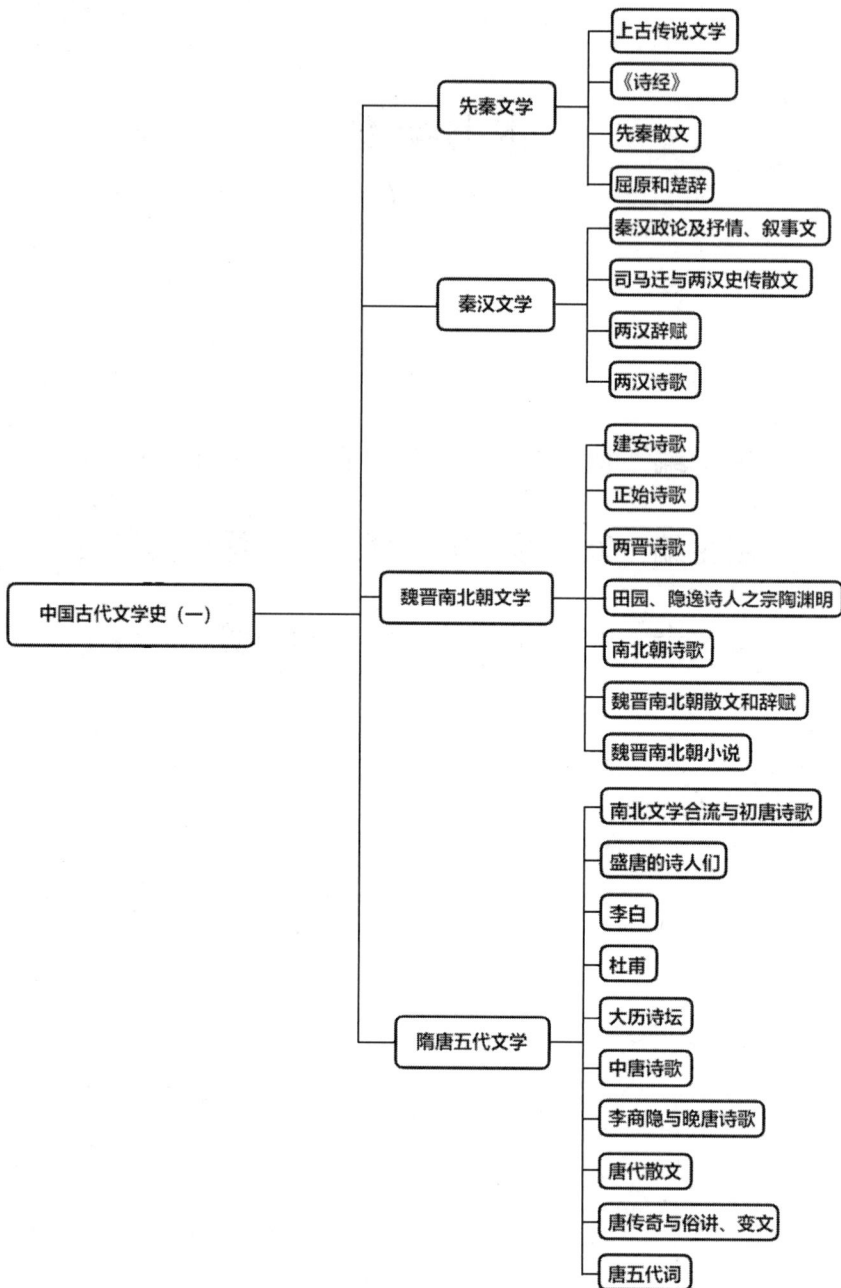

```
                                                    ┌─ 上古传说文学
                                          ┌─ 先秦文学 ─┼─ 《诗经》
                                          │           ├─ 先秦散文
                                          │           └─ 屈原和楚辞
                                          │
                                          │           ┌─ 秦汉政论及抒情、叙事文
                                          ├─ 秦汉文学 ─┼─ 司马迁与两汉史传散文
                                          │           ├─ 两汉辞赋
                                          │           └─ 两汉诗歌
                                          │
                                          │                 ┌─ 建安诗歌
                                          │                 ├─ 正始诗歌
                                          │                 ├─ 两晋诗歌
                                          │                 ├─ 田园、隐逸诗人之宗陶渊明
中国古代文学史（一）─┤  ├─ 魏晋南北朝文学 ─┼─ 南北朝诗歌
                                          │                 ├─ 魏晋南北朝散文和辞赋
                                          │                 └─ 魏晋南北朝小说
                                          │
                                          │                 ┌─ 南北文学合流与初唐诗歌
                                          │                 ├─ 盛唐的诗人们
                                          │                 ├─ 李白
                                          │                 ├─ 杜甫
                                          │                 ├─ 大历诗坛
                                          └─ 隋唐五代文学 ─┼─ 中唐诗歌
                                                            ├─ 李商隐与晚唐诗歌
                                                            ├─ 唐代散文
                                                            ├─ 唐传奇与俗讲、变文
                                                            └─ 唐五代词
```

课程介绍

  中国古代文学史是中文专业的核心课程,它介绍了中华民族的古代经典文学作品,也梳理了中华文脉的发展变迁。其中《中国古代文学史(一)》主要涵盖了先秦文学、秦汉文学、魏晋南北朝文学、隋唐五代文学这四个部分,以经典作品、作者为线索,反映出不同时代文学理论、文学思潮的兴替,以及文体和创作特色的演变。

  学习古代文学,有利于了解和弘扬中华民族优秀的传统文化,汲取先贤的智慧,迎接全新的时代。

  经典作品、作者构成了本课程知识结构的框架,同时也是重要的考查点,学习过程中应当掌握每位作者创作的风格和主张,进而理解其在文学发展中的地位和影响。

教材使用说明

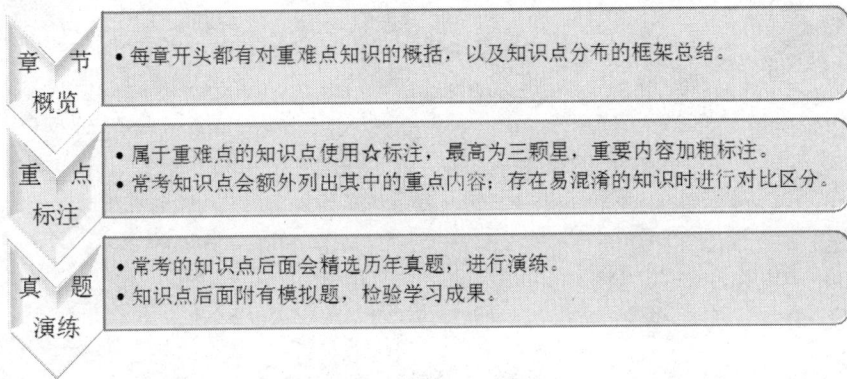

章 节 概览	• 每章开头都有对重难点知识的概括,以及知识点分布的框架总结。
重 点 标注	• 属于重难点的知识点使用☆标注,最高为三颗星,重要内容加粗标注。 • 常考知识点会额外列出其中的重点内容;存在易混淆的知识时进行对比区分。
真 题 演练	• 常考的知识点后面会精选历年真题,进行演练。 • 知识点后面附有模拟题,检验学习成果。

目 录

第一编　先秦文学

第二编　秦汉文学

第三编　魏晋南北朝文学

第四编　隋唐五代文学

第一编　先秦文学

第一章　上古传说文学

本　章　提　要

本章主要包括初民的歌谣和上古神话传说两部分,需要重点记忆的是歌谣及其出处的对应关系,上古神话的类别以及代表性神话的主要人物。需要重点理解并记忆的是我国神话的精神内涵。此外,需要辨识神话的基本特征,并能够据此阐述神话与传说的区别。

知　识　框　架

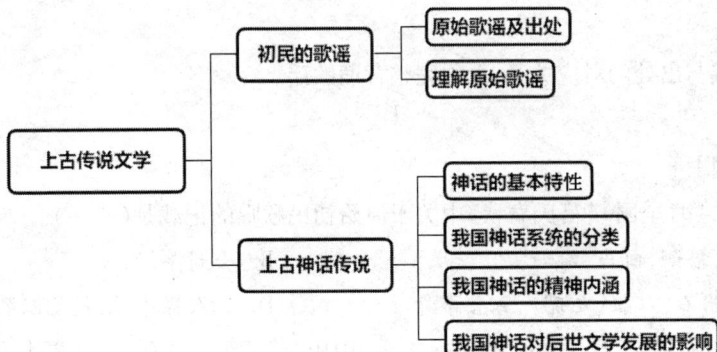

第一节　初民的歌谣

知识点 1：原始歌谣及出处 ☆

知识点描述

歌谣内容	出　处
歌咏所兴，宜自生民始也	沈约《宋书·谢灵运传论》
昔葛天氏之乐，三人操牛尾，投足以歌八阕	《吕氏春秋·古乐》
贲如，皤如，白马，翰如。匪寇，婚媾	《易·贲》六四
突如，其来如，焚如，死如，弃如	《易·离》九四
女承筐，无实；士刲羊，无血	《易·归妹》上六
断竹，续竹，飞土，逐宍	《吴越春秋·勾践阴谋外传》

常考重点

识记歌谣与出处的对应关系，无须完整背诵歌谣。

真题演练

【单选题】

(2013 年 4 月全国)《吕氏春秋》中关于原始初民歌唱的记载是(　　)。

A. 贲如，皤如，白马，翰如　　　　　　B. 士刲羊，无血

C. 击石拊石，以歌《九韶》，百兽率舞　　D. 三人操牛尾，投足以歌八阕

【答案与解析】　D。《吕氏春秋·古乐》中用"昔葛天氏之乐，三人操牛尾，投足以歌八阕"记载了原始的歌舞。

牛刀小试

【单选题】

原始歌谣"断竹，续竹，飞土，逐宍"的论述出自(　　)。

A.《左传》　　　B.《吴越春秋》　　　C.《吕氏春秋》　　　D.《宋书》

【答案与解析】　B。相传为黄帝时的《弹歌》："断竹，续竹，飞土，逐宍。"载于《吴越春秋·勾践阴谋外传》。

知识点 2：理解原始歌谣

知识点描述

原始歌谣是初民的自我表达，体现了初民古朴的风貌。

名师解读

> 1. 记载原始歌谣的主要考古资料来自甲骨卜辞；
>
> 2. 原始歌谣记载了初民的古朴生活；
>
> 3. 原始歌谣往往是诗、乐、舞的结合，一边唱一边跳。

常考重点

了解原始歌谣的主要资料来自甲骨卜辞，原始歌谣是诗、乐、舞的结合。

真题演练

【单选题】

（2011 年 7 月全国）能反映原始歌谣一些风貌的最早资料主要是（　　）。

A.《诗经》　　　　B.《周易》　　　　C. 甲骨卜辞　　　　D. 铜器铭文

【答案与解析】　C。原始歌谣的主要考古资料来自甲骨卜辞，这些记载体现了初民的风貌。

第二节　上古神话传说

知识点 1：神话的基本特性 ☆

知识点描述

神话具有下述基本特性：

1. 都是想象或幻想的；

2. 用于解释自然或社会现象，是"神化"的现实；

3. 反映远古人类的愿望；

4. 只能产生在史前远古时代。

名师解读

> 特性 2 是神话产生的原因，由于远古时代的人们无法解释看到的自然现象或社会现象，才利用想象的奇幻情景加以解释。这些故事并非人们亲眼所见，只是为了克服恐惧等而进行的想象，没有真实依据（即特性 1）。人们的想象往往掺杂着自身的诉求和愿望，远古人类的愿望主要包括解释自然和征服自然（特性 3）。由于知识的匮乏在远古时代极为严重，远古人类解释现象的能力也极为有限，因此神话只产生于远古时代（即特性 4）。本知识点可以通过理解来辅助记忆。

■ **常考重点**

辨识神话的基本特性。

■ **概念区分**

神话与传说的区别☆：

➤ 神话产生比传说早；

➤ 神话是传说的故事原型，传说是神话的社会历史化演变；

➤ 神话具有明显的非理性神异色彩，传说则内含着更多人间行为准则。

（通俗地讲，传说就是神话在流传过程中变得不那么"神"，更符合人间情理的产物。）

■ **真题演练**

【单选题】

（2007年4月全国）神话的基本特性之一是（　　）。

A. 幻想的　　　　B. 现实的　　　　C. 理论的　　　　D. 逻辑的

【答案与解析】　A。神话是远古人类为解释所见而进行的幻想，并非现实所见，当时更没有理论和逻辑。

■ **牛刀小试**

【简答题】

简述神话与传说的区别。

【答案与解析】

（1）神话比传说**产生得早**。

（2）神话是传说的**故事原型**，传说是神话的**社会历史化演变**。

（3）神话具有明显的**非理性**神异色彩，传说则内含着人间的行为准则。

知识点2：我国神话系统的分类 ☆☆

■ **知识点描述**

神话是关于神的故事。从主题角度，我国神话可分为以下三类：

1. 创世神话：初民对天地开辟和人类诞生的解释；

2. 自然灾害神话：初民遭受自然灾害后幻想战胜灾难的愿望；

3. 战争神话：关于战争的幻想和愿望。

■ **名师解读**

1. 创世神话是对世界和人类由来的想象，如**盘古开天、女娲造人**。

2. 自然灾害神话大多描述一个有神奇力量的英雄平息灾难、拯救人民，如**女娲补天、后羿射日、鲧禹治水、夸父逐日、精卫填海**。

> 3. 战争神话是对部落战争神化的描绘,往往反映了初民对扩张侵略的厌恶,最有代表性的是**黄帝战蚩尤**。

常考重点

识记神话故事的主人公;神话与类别的对应。

真题演练

【单选题】

1. (2012年7月全国)有关女娲的神话主要叙述她的两大功绩:一是造人;二是(　　)。

    A. 治水　　　　　B. 填海　　　　　C. 射日　　　　　D. 补天

【答案与解析】　D。《淮南子·览冥训》记载,女娲炼五色石以补苍天。女娲的两大功绩:一是造人,二是补天。

2. (2011年4月全国)表现了初民与自然抗争的古代神话是(　　)。

    A. 盘古开天辟地　　　　　　　　B. 女娲造人

    C. 后羿射日　　　　　　　　　　D. 黄帝战蚩尤

【答案与解析】　C。自然灾害神话体现了与自然的抗争,如后羿射日。盘古开天辟地和女娲造人是创世神话,黄帝战蚩尤是战争神话。

3. (2015年4月全国)古代神话中的射日英雄是(　　)。

    A. 禹　　　　　B. 羿　　　　　C. 盘古　　　　　D. 女娲

【答案与解析】　B。古代神话中射日的英雄是羿。禹治水,盘古开天,女娲补天、造人。

牛刀小试

【多选题】

1. 表现了初民与自然灾害抗争的古代神话包括(　　)。

    A. 盘古开天辟地　　　　B. 精卫填海　　　　C. 夸父逐日

    D. 后羿射日　　　　　　E. 黄帝战蚩尤

【答案与解析】　BCD。精卫填海、夸父逐日和后羿射日是自然灾害神话,表现了初民与自然灾害抗争的坚强斗志。盘古开天辟地是创世神话,黄帝战蚩尤是战争神话。

2. 根据神话留存的具体情形,从主题的角度,主要可以分为(　　)。

    A. 创世神话　　　　B. 感生神话　　　　C. 英雄神话

    D. 自然灾害神话　　E. 战争神话

【答案与解析】　ADE。从主题的角度,我国的神话包括创世神话、自然灾害神话和战争神话三类。

知识点3：我国神话的精神内涵☆☆☆

知识点描述

与其他国家的神话相同，我国神话也体现了初民的原始**思维特征**——通过神幻的想象，把不同类不同质的事物毫无理性和逻辑地联系起来。

此外，我国神话还有如下几个**精神实质**方面的特征：

1. 紧紧围绕人的生存这个主题；

2. 其中英雄人物都充满激扬斗志、神异能力和英雄气概；

3. 情感浓烈，形象鲜明，想象力丰富。

名师解读

> 按照主题、表现力、人物三个方面理解和记忆即可，可以看出人的生存作为中国神话的主题是贴地气的，而丰富的表现力塑造了饱满的英雄人物。

常考重点

论述我国神话的特征。

概念区分

注意与本节知识点1中神话具有的基本特性加以区分，这里强调了我国神话在**精神实质**上的三个特征。但答题时要尤其注意是否只问了"精神实质特征"。

真题演练

【论述题】

（2013年7月全国）论述我国神话的精神内涵特征。

【答案与解析】 中国古代神话在精神实质上的主要特征是：

（1）紧紧围绕人的生存主题；

（2）神话中的英雄都充满**激扬斗志**、**神异能力**和**英雄气概**；

（3）神话都熔铸了**浓烈的情感**，塑造了**鲜明的形象**，表现出丰富的**想象力**。

牛刀小试

【单选题】

下列哪项不属于中国古代神话的精神实质特征？（　　　　）

A. 通过神幻的想象，把不同类不同质的事物毫无理性和逻辑地联系起来

B. 紧紧围绕人的生存主题

C. 神话中的英雄都充满激扬斗志、神异能力和英雄气概

D. 熔铸了浓烈的情感,塑造了鲜明的形象,表现出丰富的想象力

【答案与解析】　A。BCD 项均属于中国古代神话的精神实质特征,A 项属于原始思维特征,而不属于精神实质特征。

知识点 4：我国神话对后世文学发展的影响

知识点描述

我国神话对后世文学影响极大,主要包括以下两方面:

1. 神话的**艺术规则**为后世文学发展**提示了方向**。一方面,开创了"**为人生**"的主题,成为了我国文学发展的主流和传统。另一方面,神话富于情感、形象和想象的特征,引导了后世文学**审美理想**的发展走向。

2. 为后世文学的诗歌散文、戏曲小说等提供**题材**。

名师解读

此处"为人生"主题的含义与之前的"主题围绕人的生存"相似;切记这里对后世文学发展方向的影响分为主题和审美理想两方面。

牛刀小试

【简答题】

简述我国神话对后世文学发展产生的影响。

【答案与解析】　我国神话对后世文学发展产生了极大的影响,主要是以下两个方面:

(1) 神话的**艺术规则**为后世文学的发展提示了方向。一方面,神话所开创的**为人生的主题**,事实上成为了我国数千年文学发展的**主流和传统**。而这一传统的形成,包含着由神话积淀的重要因素。另一方面,神话**富于情感**、形象和想象的特征,无疑引导了后世文学**审美理想**的发展走向。

(2) 丰富多彩的神话作品,成为后世文学创作取之不尽、用之不竭的**题材源泉**。从最早的文学总集《诗经》到近现代的文学创作,从诗歌散文到戏曲小说,无不得到神话的滋养。

第二章 《诗经》

本章提要

　　本章重点为《诗经》的题材,不仅要了解婚恋诗、抒发多种人生感慨的诗、政治讽喻诗、史诗、农事诗这五种主要题材,更要注重每种题材诗歌的代表作品。此外,重点还包括《诗经》中收集的采诗说、献诗说,编订中的删诗说;以及《诗经》特点中"赋、比、兴"的表现手法。

知识框架

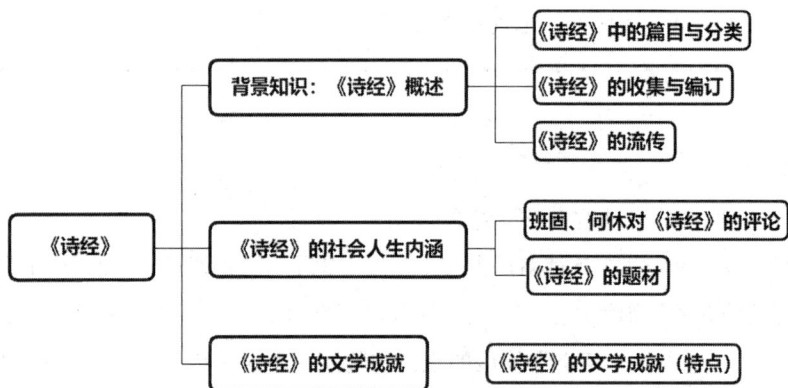

背景知识：《诗经》概述

知识点1:《诗经》中的篇目与分类 ☆

知识点描述

《诗经》是我国第一部诗歌总集,收录了从**西周初年**到**春秋中叶**5个多世纪的诗歌共**305篇**。包括《**国风**》**160篇**、《**小雅**》**74篇**、《**大雅**》**31篇**、《**颂**》**40篇**。《小雅》中另有**6篇**"**笙诗**",有目无辞,不在305篇之中。

今传《诗经》分为**风、雅、颂**三类编辑,分类依据一般认为是**所用音乐的不同**。"风",是**各地**不同的音乐;"雅"是正声雅乐,指王朝**京畿**地区的音乐;"颂"是宗庙**祭祀**用的舞曲歌辞。

名师解读

> "笙诗"只有篇名而没有文辞,其缺少文辞的原因未有定论,无须关注,只要知道这6篇不在305的总数之内即可。
>
> 《诗经》的分类并非今人所为,而是古而有之的。

常考重点

熟记收录诗歌的年代、数量;区分风、雅、颂三个类别并指出分类依据。

真题演练

【单选题】

(2008年4月全国)《诗经》中的作品大致产生于( )。

A. 西周以前　　　　　　　　　B. 西周初至春秋中叶

C. 西周初至春秋末　　　　　　D. 春秋战国时期

【答案与解析】 B。《诗经》是我国第一部诗歌总集,收录了从西周初年到春秋中叶5个多世纪的诗歌共305篇。

牛刀小试

【单选题】

《诗经》中"宗庙祭祀用的舞曲"是( )。

A. 风　　　　　　B. 雅　　　　　　C. 颂　　　　　　D. 赋

【答案与解析】 C。《诗经》中,"风"是各地不同的音乐;"雅"是正声,是王朝京畿地区的音乐;"颂"是宗庙祭祀用的舞曲。

知识点 2：《诗经》的收集与编订 ☆☆

知识点描述

采诗说：起源于**汉代**。"孟春之月，群居者将散，行人振木铎徇于路以采诗，献之大师，比其音律，以闻于天子。"（**班固《汉书·食货志》**）

献诗说：产生于**先秦**时期。"故天子听政，使公卿至于列士献诗，瞽献曲，史献书，师箴，瞍赋，矇诵，百工谏，庶人传语，近臣尽规，亲戚补察，瞽史教诲，耆艾修之，而后王斟酌焉。"（《国语·周语上》）

删诗说：汉代有"**孔子删诗**"的说法。"古者诗三千余篇，及至孔子，去其重，取可施于礼义……（成）三百五篇。"（《史记·孔子世家》）

名师解读

> 　　**采诗说**和**献诗说**是《诗经》**收集**的两种方式。其中采诗是一种自上而下找寻采集的过程；而献诗则是自下而上提供诗作的过程。**删诗说**则是《诗经》**编订**过程中的删除重复的精简过程。今人一般认为，删诗并非孔子所为，而是经周王朝的众多乐官筛选整理，逐步编定而成的。

常考重点

关于《诗经》的收集与编订的三种说法的解释和出现年代。

真题演练

【单选题】

1.（2007 年 7 月全国）《史记·孔子世家》关于《诗经》收集所持的说法是（　　　）。

　　A. 采诗说　　　　B. 作诗说　　　　C. 删诗说　　　　D. 献诗说

【答案与解析】　C。关于《诗经》的编订，汉代有"孔子删诗"的说法。"古者诗三千余篇，及至孔子，去其重……（成）三百五篇。"（《史记·孔子世家》）

2.（2013 年 7 月全国）下列选项中，与《诗经》的形成、编订无关的是（　　　）。

　　A. 献诗　　　　　B. 采诗　　　　　C. 删诗　　　　　D. 诵诗

【答案与解析】　D。关于《诗经》的收集，汉代有"采诗"的说法。《诗经》的收集还有"献诗"的说法，此说法产生于先秦时期。关于《诗经》的编订，汉代有"孔子删诗"的说法。

3.（2013 年 4 月）《汉书·食货志》关于采诗说的记述是（　　　）。

　　A."孟春之月，群居者将散，行人振木铎徇于路"

　　B."故天子听政，使公卿至于列士献诗，瞽献曲，史献书"

　　C."古者诗三千余篇，及至孔子，去其重……（成）三百五篇，孔子皆弦歌之"

D. "诗者,志之所之也。情动于中而形于言"

【答案与解析】 A。"行人振木铎徇于路以采诗"是采诗;"瞽献曲,史献书"是献诗;"去其重"是删诗。

牛刀小试

【多选题】

下列选项中关于《诗经》的说法,不正确的是( )。

A. "献诗"的说法比较早,产生于汉代

B. "颂"是宗庙祭祀用的舞曲

C. "风"是各地不同的音乐

D. "雅"是王朝京畿地区的音乐

E. 秦代有"孔子删诗"的说法

【答案与解析】 AE。"献诗"的说法比较早,产生于先秦时期,故 A 项"汉代"错误。汉代有"孔子删诗"的说法,故 E 项"秦代"错误。其余选项说法均正确。

【名词解释题】

献诗说

【答案与解析】 (1)是一种关于《诗经》收集的说法,与采诗不同,献诗是自下而上地收集诗歌。(2)产生于先秦时期,出自《国语·周语上》。(3)"故天子听政,使公卿至于列士献诗。"

知识点3:《诗经》的流传

知识点描述

先秦时,《诗经》本称《诗》或《诗三百》《三百篇》,到汉代被尊为经典,改称为《诗经》。汉代传授《诗经》的有 4 家,分别为鲁人申培、齐人辕固、燕人韩婴、赵人毛苌四家,被称为鲁诗、齐诗、韩诗和毛诗。其中只有毛诗流传到今天。

常考重点

流传到今天的是毛诗。

真题演练

【单选题】

(2009 年 4 月全国)汉代传授《诗经》的曾有四家,而后来独行于世的只有( )。

A. 鲁诗 　　　 B. 齐诗 　　　 C. 韩诗 　　　 D. 毛诗

【答案与解析】 D。齐、鲁、韩三家《诗》于魏晋到北宋期间相继亡佚,只有毛诗流传到今天。

第一节　《诗经》的社会人生内涵

知识点1：班固、何休对《诗经》的评论

知识点描述

"男女有不得其所者，因相与歌咏，各言其伤。"（班固《汉书·食货志》）

"饥者歌其食，劳者歌其事。"（何休《春秋公羊传解诂》卷十六）

名师解读

这些评论表现了《诗经》与现实的社会、人生之间具有密切联系。

牛刀小试

【单选题】

何休对《诗经》的评价是(　　　)。

A. "男女有不得其所者，因相与歌咏，各言其伤"

B. "饥者歌其食，劳者歌其事"

C. "孟春之月，群居者将散，行人振木铎徇于路"

D. "诗者，志之所之也。情动于中而形于言"

【答案与解析】　B。"男女有不得其所者，因相与歌咏，各言其伤。"出自班固《汉书·食货志》。"饥者歌其食，劳者歌其事。"出自何休《春秋公羊传解诂》卷十六。

知识点2：《诗经》的题材 ☆☆☆

知识点描述

《诗经》的主要题材包括婚恋诗（与婚恋生活有关的诗）、抒发多种人生感慨的诗、政治讽喻诗（对政治人物或政治现象的感受）、史诗（记载民族历史，歌颂祖先）、农事诗（记载农业生产活动）等。

■ 名师解读

题 材		重要作品
婚恋诗	恋爱和相思的甜蜜	《郑风·溱洧》《邶风·静女》《周南·关雎》《陈风·月出》等
	恋爱的曲折和苦恼	《郑风·将仲子》《鄘风·柏舟》等
	夫妇间的深挚情爱	《齐风·鸡鸣》、《郑风·风雨》(久别重逢)、《唐风·葛生》(悼亡)等
	弃妇诗①	《邶风》的《日月》《终风》《谷风》、《卫风·氓》《王风·中谷有蓷》,妻子被丈夫抛弃,折射了较深刻的社会问题
抒发多种人生感慨的诗	遭人谗害	《小雅·巷伯》等
	"士"的人生悲哀	《魏风·园有桃》,表达人生理想不被人理解的苦恼
	悲叹国家沦亡	《王风·黍离》,悲叹西周沦亡
	深刻人生哲理	《桧风·隰有苌楚》,讨论人生痛苦的根源
政治讽喻诗	揭露宫闱丑行	《邶风·新台》,讽刺卫宣公霸占儿子的新娘
	繁重劳役的苦难	《魏风·陟岵》《邶风·击鼓》《王风·君子于役》《小雅·采薇》等
	揭露政治集团腐败	《大雅·瞻卬》《小雅·十月之交》《大雅·荡》
	颂美统治者	《召南·甘棠》,表达对召公的怀念和爱戴
史诗②	记载民族历史歌颂祖先功勋	《大雅》中《生民》《公刘》《绵》《皇矣》《大明》,是周人著名史诗,叙述了自始祖后稷出世直到武王灭商的史迹和传说
农事诗③	农业生产活动	《豳风·七月》《周南·芣苢》《魏风·十亩之间》《周颂·良耜》等

注解:

① 弃妇诗:这些诗通常描述女子对丈夫忠贞不贰、任劳任怨,最终却遭到了无情的抛弃,反映了当时社会女性附庸于男性、社会地位低下的状况。

② 周人五篇经典史诗的主要内容:

➤ 《生民》,周始祖后稷的神异出生,具有种植五谷的能力,后率民定居邰地。

➤ 《公刘》,周人远祖公刘带领周民从邰地迁居豳地,开荒辟地定居。

➤ 《绵》,周文王祖父古公亶父率民由豳迁岐,开地建房,创业兴国。

➤ 《皇矣》,太王(古公亶父)开辟岐山周原,击退异族昆夷;王季(文王父)继祖德业,传位给文王;文王伐密、伐崇胜利。

➤ 《大明》,王季与太任结婚生文王,文王与太姒结婚生武王,武王伐纣灭商。

③《豳风·七月》的主要内容:农夫四季辛勤劳作。全诗八章,依照春耕、蚕桑、收割、打猎、修缮房屋和年关祭祀的次第,按月歌唱,反映了农夫的衣、食、住等方面的情况,有较大的史料价值。

> 《周南·芣苢》和《魏风·十亩之间》的共同特点：艺术价值较高，用词简练浅白，各章之间只更换了几个近义词反复咏唱，能引发丰富的联想，情韵悠长。

■ **常考重点**

《诗经》的重要作品及其所属题材。

■ **真题演练**

【单选题】

1.（2019年4月全国）从反映的社会人生内涵上说，《诗经·溱洧》属于（   ）。

　　A. 史诗　　　　　B. 婚恋诗　　　　　C. 哲理诗　　　　　D. 政治讽喻诗

【答案与解析】　B。《诗经·溱洧》描写的是春光明媚之日，青年男女相聚游玩，互赠信物，表达爱慕之情。故选B。

2.（2014年10月全国）下列《诗经》作品属于史诗的是（   ）。

　　A.《伐檀》　　　B.《采薇》　　　C.《公刘》　　　D.《七月》

【答案与解析】　C。《大雅》中的《生民》《公刘》《绵》《皇矣》《大明》，是周人的五篇著名史诗。

【多选题】

（2012年7月全国）《诗经》大致可以分为（   ）。

　　A. 政治讽喻诗　　B. 农事诗　　　　C. 闲适诗　　　　D. 婚恋诗

　　E. 史诗

【答案与解析】　ABDE。《诗经》大致可以分为：婚恋诗、抒发多种人生感慨的诗、政治讽喻诗、史诗、农事诗等。

【论述题】

（2018年4月全国）结合具体作品谈谈《诗经》婚恋诗的基本内容。

【答案与解析】

（1）《诗经》有一部分作品抒发恋爱和相思的甜蜜。如《郑风·溱洧》和《陈风·月出》等。

（2）《诗经》也表现了恋爱的曲折和苦恼，如《郑风·将仲子》《鄘风·柏舟》等。

（3）《诗经》也有写夫妇间深挚情爱的作品，如《齐风·鸡鸣》《郑风·风雨》等。

（4）《诗经》还有几篇"弃妇诗"，如《邶风》的《日月》《终风》《谷风》、《卫风·氓》等，折射了比较深刻的社会问题，反映了当时女性社会地位的卑下、属于附庸的情状。

▣ **牛刀小试**

【单选题】

《诗经·周南·芣苢》是( )。

A. 婚恋诗 　　　 B. 政治讽喻诗 　　　 C. 农事诗 　　　 D. 史诗

【答案与解析】 　C。《诗经·周南·芣苢》是一首农事诗,是妇女在采集车前子时的歌唱。

第二节　《诗经》的文学成就

知识点:《诗经》的文学成就(特点) ☆☆

▣ **知识点描述**

- ➤ 抒情与写实统一
  - 抒情诗占多数
  - 抒发的情感都是真实的
  - 抒情方式都是坦率直白的
- ➤ 赋、比、兴的表现手法
  - 赋:直接描写,直言其志
  - 比:比喻
  - 兴:一般位于开头,烘托氛围
- ➤ 四言诗的典范
  - 句式特点:四言为基本句式,间杂二言句和八言句
  - 音律特点:节奏鲜明,音律谐恰
- ➤ 章法结构和语言特色
  - 基本章法结构:重章复沓
  - 语言特色:质朴畅达;词汇丰富;双声叠韵的联绵词和叠字大量应用

名师解读

"六诗"	• 赋、比、兴原本与风、雅、颂合称为"六诗"或"六义"。
三 体 三用说	• 由唐代的孔颖达提出。 • 认为风、雅、颂是诗歌体裁（体），赋、比、兴是表现方法（用）。
四言句	• 也就是4个字一句。 • 《诗经》以四言句为主，这是辨识《诗经》的重要标志。
重 章 复沓	• 重章不是把前文的句子完全照抄。 而是改变个别字词，在意义上层层递进。

可以借用**朱熹**和**李仲蒙**对"赋、比、兴"的解释来加深理解☆：

➢ **朱熹**："赋者，敷陈其事而直言之也。比者，以彼物比此物也。兴者，先言他物以引起所咏之词也。"（《诗集传》卷一）

➢ **李仲蒙**："叙物以言情谓之赋，情尽物者也；索物以托情谓之比，情附物者也；触物以起情谓之兴，物动情者也。"（胡寅《斐然集》卷十八《致李叔易》引）

常考重点

对"赋、比、兴"的理解，朱熹、李仲蒙对"赋、比、兴"的解释。

真题演练

【单选题】

1. (2019年4月全国)下列说法中对"赋"做出正确解释的是（   ）。

    A."叙物以言情"　　　　　　　　B."索物以托情"

    C."触物以起情"　　　　　　　　D."托物以寄情"

【答案与解析】　A。南宋李仲蒙解释道："叙物以言情谓之赋，情尽物者也；索物以托情谓之比，情附物者也；触物以起情谓之兴，物动情者也。"故选A。

2. (2015年4月全国)"先言他物以引起所咏之词"是指《诗经》表现手法中的（   ）。

    A. 赋　　　　　　B. 比　　　　　　C. 兴　　　　　　D. 颂

【答案与解析】　C。"先言他物以引起所咏之词"是朱熹对"兴"的解释。

3. (2016年10月全国)《诗经》运用的基本句式是（   ）。

    A. 二言　　　　B. 四言　　　　C. 五言　　　　D. 七言

【答案与解析】　B。《诗经》以四言为基本句式，间杂二言句到八言句。

【名词解释题】

（2012 年 7 月全国）赋、比、兴

【答案与解析】

（1）赋：敷陈其事而直言之也。

（2）比：以彼物比此物也。

（3）兴：先言他物以引起所咏之词也。

■ 牛刀小试

【单选题】

《诗经》中运用最多的表现手法就是不刻意修饰，直抒胸臆，这种表现手法被称为（　　）。

A. 赋　　　　　　　B. 比　　　　　　　C. 兴　　　　　　　D. 说

【答案与解析】　A。"直抒胸臆"即直接描写，直言其志的意思，故属于赋的表现手法。

【简答题】

简述《诗经》的语言特点。

【答案与解析】

（1）质朴畅达。

（2）词汇丰富。

（3）双声叠韵的联绵词和叠字的大量运用。

第三章　先秦散文

本 章 提 要

　　本章重要知识点较多,主要介绍先秦历史散文和诸子散文中的经典作品。重点在于了解这些作品的概况,以及阐述它们各自的文学特色。

知 识 框 架

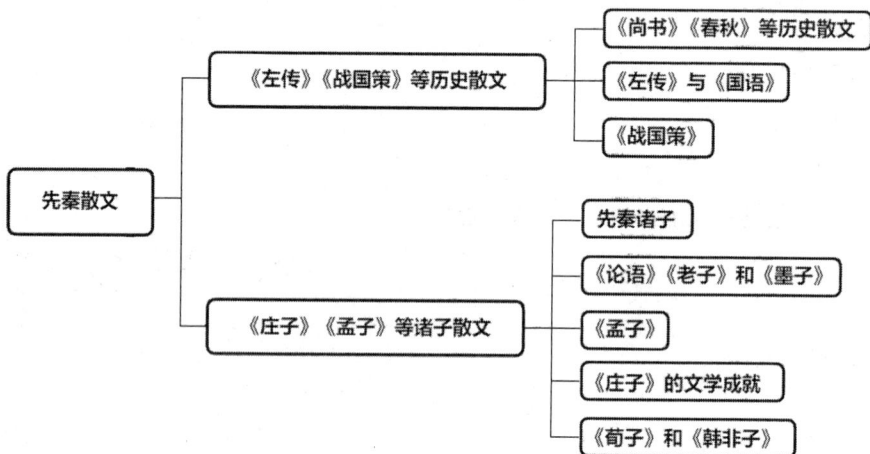

第一节 《左传》《战国策》等历史散文

知识点 1：《尚书》《春秋》等历史散文 ☆

■ 知识点描述

➤ 《尚书》是我国古代第一部历史文集。它以记言为主,传本分为今文《尚书》、古文《尚书》、伪《古文尚书》。

➤ 《春秋》是鲁国的编年史,经过了孔子的修订。

■ 名师解读

➤ 《尚书》文字大多古奥迂涩、佶屈聱牙,只有少数文字比较形象畅朗。

➤ 《春秋》微言大义,语言准确而简明,表达了尊王攘夷、正名定分、维护统一等思想。

■ 常考重点

《尚书》和《春秋》的概况。

■ 真题演练

【单选题】

(2019 年 4 月全国)《尚书》语言的主要特色是( )。

A. 准确简明　　B. 铺排纵恣　　C. 质朴无文　　D. 佶屈聱牙

【答案与解析】 D。《尚书》文字大多古奥迂涩、佶屈聱牙,只有少数文字比较形象畅朗。故选 D。

【名词解释题】

(2014 年 10 月)《尚书》

【答案与解析】

(1)《尚书》是我国古代第一部历史文集。

(2) 以记言为主。

(3) 文字古奥迂涩。

■ 牛刀小试

【单选题】

我国第一部历史文集是( )。

A.《尚书》　　　B.《左传》　　　C.《史记》　　　D.《战国策》

【答案与解析】 A。《尚书》是我国第一部历史文集,以记言为主。

知识点2：《左传》与《国语》☆ ☆

知识点描述

➢ 《左传》全称《春秋左氏传》，又名《左氏春秋》《古文春秋左氏传》，是阐述《春秋》的**编年史**，属于"《**春秋**》三传"之一。一般认为《左传》作者是左丘明，但有争议。《左传》记事**详赡**生动，是先秦**最具文学色彩**的历史散文，在**叙事**、**写人**、**辞令**等方面都具有特色。

➢ 《国语》是我国现存的第一部国别史，以记言为主。整体风貌质朴平实。

名师解读

> #### 《左传》的文学成就
>
> 《左传》是先秦最具文学色彩的历史散文。
>
> ➢ 叙事艺术：①富有文学表现力的剪裁功夫；②采用全知叙事视角，因而擅长叙写战争，且有许多细节描写和人物言语描写。
>
> ➢ 写人艺术：注重刻画人物，许多人物性格鲜明。奠定了史传文学写人的基本艺术规则——以言语、行为表现性格；把人物置于矛盾冲突中塑造；注重人物性格的多个侧面，甚至能写出性格的发展轨迹。
>
> ➢ 辞令艺术：外交辞令理富文美。不卑不亢，道理充分，分寸恰当，深入对方内心。

常考重点

《左传》的概况及文学成就。

真题演练

【单选题】

1.（2019年4月全国）从叙事角度而言，先秦时期最具有文学色彩的历史散文是（   ）。

　　A.《春秋》　　　　　B.《尚书》　　　　　C.《左传》　　　　　D.《国语》

【答案与解析】　C。《左传》记事详赡生动，"情韵并美，文采照耀"，是先秦最具文学色彩的历史散文。故选C。

2.（2018年4月全国）《左传》的叙事特点是（   ）。

　　A. 微言大义　　　B. 全知叙事　　　C. 连类引譬　　　D. 翔实平妥

【答案与解析】　B。《左传》叙事的文学色彩主要表现在文学性的剪裁和采用全知叙事视角两个方面。

【论述题】

（2012年7月全国）试述《左传》的写人艺术。

【答案与解析】

（1）人物形象性格鲜明。

（2）以言语、行为表现人物性格特征。

（3）把人物置入矛盾冲突的环境中塑造。

（4）不仅能写出人物某一方面突出的性格特点，而且注意刻画人物性格的多个侧面，有的甚至能写出性格的发展。

📌 **牛刀小试**

【名词解释题】

《国语》

【答案与解析】 《国语》是我国现存的第一部国别史，以记言为主。整体风貌质朴平实。

知识点3：《战国策》☆

📌 **知识点描述**

➢ 《战国策》是由**西汉刘向**整理编订的**国别体**史书。

  • 杂记东周、西周及秦、齐、楚、赵、魏、韩、燕、宋、卫、中山各国之事。

  • 内容以纵横家言为主。

  • 西汉刘向整理编订成33篇，定为现名。

➢ 《战国策》的文学特色：

  • 铺张辩丽，夸饰恣肆的风格；

  • 把握对方心理，循循善诱，以情理服人；

  • 引譬设喻，善用寓言。

📌 **名师解读**

> 纵横家：指的是战国时期游说各国的谋士。因此《战国策》也就体现了各种说服他人的技巧，可以依此理解和记忆其文学特色。

📌 **常考重点**

《战国策》的概况及文学特色。

■ 真题演练

【单选题】

(2014 年 4 月全国)以下著作由刘向编订的是(　　)。

A.《春秋》　　　　B.《尚书》　　　　C.《左传》　　　　D.《战国策》

【答案与解析】　D。《战国策》原本"错乱相糅莒"，又有多种名称，经西汉刘向编订，成33 篇，定为现名。

【名词解释题】

(2018 年 4 月全国)《战国策》

【答案与解析】　(1) 杂记东周、西周及秦、齐、楚、赵、魏、韩、燕、宋、卫、中山各国之事。

(2) 内容以纵横家言为主。

(3) 西汉刘向整理编订成 33 篇，定为现名。

■ 牛刀小试

【单选题】

《战国策》的风格特色是(　　)。

A. 自然纯朴，富有美感　　　　　　　B. 微言大义，暗寓褒贬

C. 铺张辩丽，夸饰恣肆　　　　　　　D. 奇幻谲诡，空灵飘忽

【答案与解析】　C。《战国策》多记叙纵横家的游说之辞，这些说辞往往大肆敷张道理，造就了《战国策》铺张辩丽、夸饰恣肆的风格。

第二节　《庄子》《孟子》等诸子散文

知识点 1：先秦诸子

■ 知识点描述

➤ 先秦诸子有九流十家，其中最具影响力的是**儒、墨、道、法**四家。

➤ 三个发展阶段：

- 春秋末至战国初，《论语》《老子》《墨子》，篇幅较短，有语录体的篇章。
- 战国中期，《孟子》《庄子》，摆脱语录体，是说理文的进一步发展。
- 战国后期，《荀子》《韩非子》，论题集中，逻辑严密，是先秦说理文的高峰。

■ 牛刀小试

【单选题】

《汉书·艺文志》著录的先秦诸子九流十家中，最具影响力的四家是(　　)。

A. 儒、墨、道、法　　　　　　　　　B. 儒、道、名、法

C. 儒、农、杂、法   D. 道、法、阴阳、纵横

【答案与解析】 A。《汉书·艺文志》著录先秦诸子有九流十家,其中最具影响力的是儒、墨、道、法四家。

知识点2:《论语》《老子》和《墨子》☆

■ 知识点描述

诸子散文	概　况	文学特点和价值
《论语》	以记录孔子言行为主,兼记其弟子言行的**语录体**论集	以简练语言活画人物形象
《老子》	道家学派的开山著作,篇幅简短	形象化的说理;语句上的**韵散结合**
《墨子》	由墨子的弟子编写,今存53篇,记录了墨子及墨家各派思想	由小及大,连类比譬,逐层推理;质朴无华,造句遣词口语化

■ 名师解读

> ➢ 墨家在先秦时期影响很大,与儒家并称"显学",意为显赫一时的学说。
> ➢ "非攻"是墨家重要思想,即反对侵略战争。
> ➢ 《论语》多为简短的语录,《老子》篇短文仄,但都辞约义丰。

■ 常考重点

分别了解《论语》《老子》和《墨子》的概况和文学特点。

■ 真题演练

【单选题】

1.(2018年4月全国)《老子》的文学特色是(   )。

A. 气势丰沛   B. 朴素质实   C. 韵散结合   D. 情韵并类

【答案与解析】 C。《老子》的特色是形象化的说理和语句上的韵散结合。

2.(2011年7月全国)先秦诸子散文中,多为简短语录,且具辞约义丰特点的是(   )。

A.《老子》   B.《论语》   C.《孟子》   D.《荀子》

【答案与解析】 B。先秦诸子散文中,《老子》篇短文仄,《论语》多为简短语录,但都辞约义丰,有些语句、篇章形象生动。

■ 牛刀小试

【名词解释题】

《墨子》

【答案与解析】

（1）《墨子》一书,由墨子的弟子编写,今存53篇。

（2）保存了墨子以及墨家各派的基本思想。

（3）在文学上,长于由小及大,连类比譬,逐层推理;质朴无华,造句遣词口语化。

知识点3:《孟子》☆

■ **知识点描述**

孟子名轲,是孔子孙子的再传弟子,被尊为"**亚圣**"。

《孟子》的特点:

➤ **雄辩色彩**

- 把握对方心理,循循善诱,引导对方投入自己设置的机毂中,使其心悦诚服;

- 气势丰沛,是非鲜明,一旦对方被纳入自己设置的机毂,就步步紧逼,不给辩驳机会。

➤ 善于以典型事例、比喻和寓言说理,使说理生动易解,深入浅出,使对方信服接纳。

■ **名师解读**

➤ 孟子主张行"王道",施"仁政",是对孔子思想正统的承袭和发展。

➤ 《孟子》中使用的著名寓言包括"五十步笑百步""揠苗助长""楚人学齐语"等。

■ **常考重点**

《孟子》的文学特色。

■ **真题演练**

【单选题】

（2011年4月全国）先秦诸子散文最具雄辩色彩的是(　　)。

A.《孟子》　　　　　B.《庄子》　　　　　C.《荀子》　　　　　D.《韩非子》

【答案与解析】 A。《孟子》文章最大的特点是它的雄辩色彩。

【论述题】

（2014年4月全国）试述《孟子》的文学特色。

【答案与解析】

（1）《孟子》具有极强的雄辩色彩:一方面善于把握对方心理,循循善诱,将对方引入自己的说理逻辑中,使之心悦诚服。另一方面,说理气势丰沛,铺张扬厉,纵横恣肆,步步紧逼。

（2）善于以典型事例、引喻譬义,或是以寓言故事说理,使说理生动易解,深入浅出,使对方信服接纳。

🗡 **牛刀小试**

【单选题】

"揠苗助长"是借寓言形式说理的经典故事,它出自(　　)。

　　A.《诗经》　　　　　　B.《荀子》　　　　　　C.《孟子》　　　　　　D.《离骚》

【答案与解析】　C。《孟子》善于以典型事例、比喻和寓言说理。使用的著名寓言包括"五十步笑百步""揠苗助长""楚人学齐语"等。

知识点 4:《庄子》的文学成就 ☆☆

📖 **知识点描述**

庄子的文学成就:

➢ 多用"重言";

➢ 多用寓言,深邃思想和艺术表现相融合;

➢ 文学特色:

　● 异彩纷呈的故事;

　● 奇幻谲诡的想象;

　● 空灵飘忽的文风;

　● 谐趣和讥刺横生;

　● 精湛传神的文笔。

📖 **名师解读**

➢ "重言"的意思是重复前人的话,也就是我们通常说的引用名人名言。《庄子》中引用的名言大多无法查证到出处,一般认为是虚构的。

➢ 《庄子》中著名的寓言故事包括庄周梦蝶、庖丁解牛、螳臂当车、伯乐治马、濠梁观鱼、妻死鼓盆、舐痔结驷等。

📖 **常考重点**

《庄子》的文学特色。

📖 **真题演练**

【单选题】

(2015 年 10 月全国)先秦诸子散文中文风空灵飘忽的是(　　)。

　　A.《墨子》　　　　　B.《孟子》　　　　　C.《庄子》　　　　　D.《荀子》

【答案与解析】　C。先秦诸子散文中,文风空灵飘忽的是《庄子》。《墨子》文风素朴质实,《孟子》文风是具有雄辩色彩,《荀子》文风逻辑严密、说理精辟。

【多选题】

(2015年4月全国)《庄子》寓言的特点包括(   )。

A. 奇幻谲诡的想象　　　　　　B. 谐谑和讽刺的意味

C. 整齐合韵的四言体　　　　　　D. 异彩纷呈的故事

E. 明切犀利的说理

【答案与解析】　ABD。《庄子》寓言的特点包括奇幻谲诡的想象、谐谑和讽刺的意味、异彩纷呈的故事。《庄子》句式灵活,不属于四言体。《庄子》说理具有形象性和趣味性,并不犀利。

知识点5:《荀子》和《韩非子》☆

■ 知识点描述

➤ 先秦说理散文发展到荀子,已经**成熟**。荀子散文论题集中,逻辑严密,说理透辟。

➤ 《韩非子》是先秦诸子著作中使用寓言**最多**的。

■ 名师解读

> ➤ 《荀子》的特色:①长于比喻,但少用寓言。比喻丰富多彩,屈出不穷。② 创作赋和诗。
>
> ➤ 韩非**说理文**的特点:明切犀利,冷峻峭拔,而极善分析,条理严密,议论透彻,自成一格。
>
> ➤ 韩非**寓言**的特点:采用历史故事表达思想;通俗浅白,形象可感。

■ 常考重点

理解和区分韩非的说理文与寓言的特点。

■ 真题演练

【单选题】

1. (2018年4月全国)下列诸子著作中,使用寓言最多的是(   )。

A.《韩非子》　　　B.《荀子》　　　C.《孟子》　　　D.《墨子》

【答案与解析】　A。《韩非子》在先秦诸子著作中使用寓言最多,共300多则。

2. (2019年10月全国)韩非散文的写作特点是(   )。

A. 奇幻诡谲　　　B. 气势充沛　　　C. 议论透彻　　　D. 汪洋恣肆

【答案与解析】　C。韩非说理文的特点:明切犀利,冷峻峭拔,而极善分析,条理严密,议论透彻,自成一格。

■ 牛刀小试

【简答题】

简述《荀子》说理文的特色。

【答案与解析】

（1）先秦说理散文发展到荀子,已经成熟。

（2）论题集中,逻辑严密,说理透辟,淋漓尽致。

（3）长于比喻,少用寓言。比喻丰富多彩、层出不穷。

（4）创作赋和诗。

第四章　屈原和楚辞

本·章·提·要

　　本章需要重点了解的是典型楚辞体的概念。在屈原的作品中,《离骚》是重点,尤其是它的艺术成就在考试分值中占比很高。屈原的其他作品中,《九歌》和《九章》也很重要,此处需要格外留意它们包含的篇目及内容。

知·识·框·架

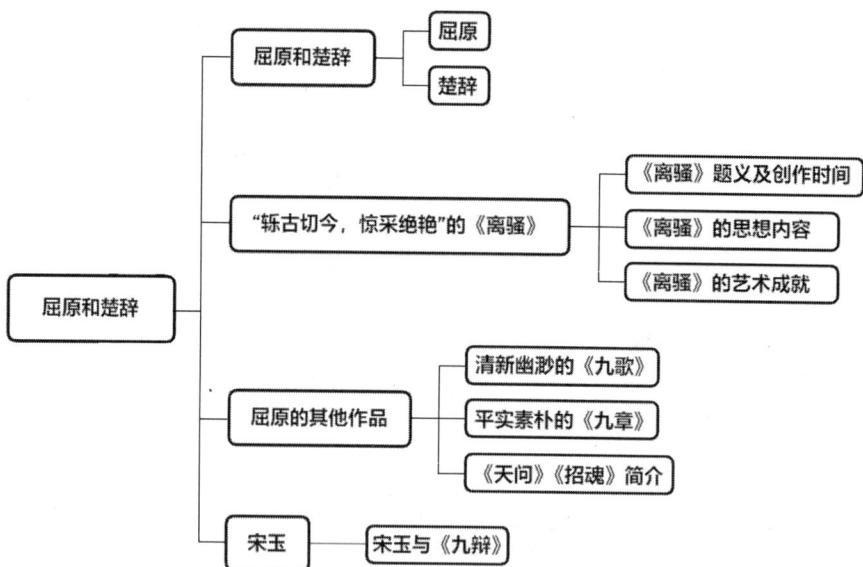

第一节　屈原和楚辞

知识点1：屈原

知识点描述

可以确定为屈原作品的有：《离骚》、《天问》、《九歌》（11篇）、《九章》（9篇）、《招魂》。

名师解读

> ➤ 屈原名平，楚国贵族，政治上主张联齐抗秦。后受到亲秦派谗害，遭到放逐，最终投汨罗江自尽。
>
> ➤ 需要注意《九歌》有11篇而不是9篇，不要望文生义。

牛刀小试

【单选题】

屈原《九歌》组诗共有（　　）。

A. 8篇　　　　　　B. 9篇　　　　　　C. 10篇　　　　　　D. 11篇

【答案与解析】　D。确定为屈原作品的有：《离骚》、《天问》、《九歌》（11篇）、《九章》（9篇）、《招魂》，共23篇。

知识点2：楚辞☆

知识点描述

> ➤ 名称源流：
>   - 是屈原等人开创的新诗体，而"楚辞"的名称出现于西汉。
> ➤ 相关楚文化要素：
>   - 楚声、楚歌；
>   - 楚国民间"巫歌"；
>   - 楚地方言。
> ➤ 体式：
>   - 非典型楚辞，如《天问》《橘颂》，受《诗经》影响很大，属于四言体；
>   - 典型楚辞体。

典型楚辞体：

> ➤ 也称"骚体"；

> 如《离骚》《九歌》；
> 特色：
  - 诗风方面：想象富奇，铺排夸饰；
  - 体式方面：篇幅极大增长，句式也由四言为主变为长短不拘，参差错落；
  - 语言方面：多用楚语楚声，多写楚地风物，频繁使用"兮"字、"些"字作为虚词叹语。

名师解读

这里需要重点理解的是典型楚辞体，其实人们一般说的楚辞，指的就是典型楚辞体。而一些非典型楚辞并不具有典型楚辞体的特色，例如《天问》仍像《诗经》一样是四言体，也不常使用虚字。

常考重点

典型楚辞体。

概念区分

楚辞与赋的区别：

	体 式	性 质
楚辞	常用虚字；语句参差错落，长短不拘	以抒情、议论、描绘为主；注重主观抒发
赋	很少用虚字；句式铺排偶偶，比较整齐	以客观咏物、铺排摹画为主；缺乏主观抒发

真题演练

【单选题】

（2013 年 4 月全国）《楚辞·九歌》的体式是（   ）。

A. 论体   B. 赋体   C. 骚体   D. 七体

【答案与解析】   C。典型的楚辞体又名骚体，代表作品有《离骚》《九歌》等。

牛刀小试

【单选题】

想象富奇、铺排夸饰，是下列哪部作品的特征？（   ）

A.《诗经》   B. 楚辞   C. 汉乐府   D.《古诗十九首》

【答案与解析】   B。在诗风方面，想象富奇、铺排夸饰，是楚辞的共同特征。

第二节 "轹古切今，惊采绝艳"的《离骚》

知识点1：《离骚》题义及创作时间 ☆

知识点描述

《离骚》是屈原自叙生平的长篇抒情诗。对于"离骚"二字的解释有：

> "离骚者，犹离忧也。"（《史记·屈原列传》）
> "离，犹遭也；骚，忧也。明己遭忧作辞也。"（班固《离骚赞序》）
> "离，别也；骚，愁也。"（王逸《楚辞章句·离骚经序》）

《离骚》可能作于屈原被流放江南之时，即顷襄王初年。

名师解读

> "离骚"的意思与"牢骚"类似，屈原写《离骚》是在他被流放的时候。他一生两次被放逐，一次是被楚怀王流放汉北；另一次是被顷襄王流放江南。由于缺乏史料，后人只是根据屈原的年龄推断，《离骚》可能作于其第二次流放期间。

常考重点

不同人物对《离骚》题义的解释。

真题演练

【单选题】

(2013年4月全国)东汉王逸对《离骚》题义的解释是(　　　)。

A. 离骚者，犹离忧也　　　　　　　　B. 离骚者，楚古乐曲名也

C. 离，犹遭也；骚，忧也　　　　　　D. 离，别也；骚，愁也

【答案与解析】 D。"离，别也；骚，愁也。"出自王逸《楚辞章句·离骚经序》。

牛刀小试

【单选题】

将《离骚》题义解为"离骚者，犹离忧也"的是(　　　)。

A. 司马迁　　　　B. 刘向　　　　C. 班固　　　　D. 王逸

【答案与解析】 A。"离骚者，犹离忧也。"出自《史记·屈原列传》。

知识点2：《离骚》的思想内容

知识点描述

《离骚》的思想内容：

➤ "美政"理想和深沉的爱国情感；

➤ 追求理想、九死不悔的坚韧品格和疾恶如仇的批判精神。

■ 名师解读

> "美政"理想：屈原认为执政者应当德行美好，任用贤人严明法纪，使祖国兴旺发达。

■ 牛刀小试

【单选题】

屈原自叙生平，表达了"美政"理想的长篇抒情诗是（　　）。

A.《天问》　　　　B.《招魂》　　　　C.《离骚》　　　　D.《惜往日》

【答案与解析】　C。《离骚》是屈原自叙生平的长篇抒情诗，思想内容包括：①"美政"理想和深沉的爱国情感；②追求理想、九死不悔的坚韧品格和疾恶如仇的批判精神。

知识点3：《离骚》的艺术成就 ☆☆☆

■ 知识点描述

《离骚》是我国古代篇幅最长的抒情诗。

《离骚》的艺术特色：

➤ 浓烈的激情和奇幻的想象；

➤ 峻洁纯美、独立不屈的抒情主人公形象；

➤ 比、兴手法的拓展；

➤ **结构方面**，围绕中心谋篇布局，前实后虚，使艺术境界层进层新，思想感情得到尽情挥洒；

➤ **形式、语言方面**，句式长短不拘，韵句散语相间，开始构创长篇巨制。语言丰富多姿，双声叠韵比比皆是，吸收方言入诗。

■ 常考重点

论述《离骚》的艺术特色。

■ 真题演练

【论述题】

（2015年10月全国）试论《离骚》的艺术特点。

【答案与解析】

（1）浓烈的激情和奇幻的想象；

（2）峻洁纯美、独立不屈的抒情主人公形象；

（3）比、兴手法的拓展；

（4）在结构上，围绕中心谋篇布局，前实后虚，使艺术境界层进层新，思想感情得到尽情挥洒；

（5）在形式、语言方面，句式长短不拘，韵句散语相间，开始构创长篇巨制。语言丰富多姿，双声叠韵比比皆是，吸收方言入诗。

■ 牛刀小试

【单选题】

1.《离骚》的艺术表现成就不包括（　　　　）。

    A. 浓烈的激情和奇幻的想象

    B. 峻洁纯美、独立不屈的抒情主人公形象

    C. 白描手法的拓展

    D. 结构和语言方面的特点

【答案与解析】　C。《离骚》的艺术特色包括比、兴手法的拓展，而非白描手法。

2.《离骚》是我国古代（　　　　）。

    A. 篇幅最长的抒情诗　　　　　　　B. 最为奇特的诗歌

    C. 第一部历史文集　　　　　　　　D. 第一部诗歌总集

【答案与解析】　A。我国古代第一部诗歌总集是《诗经》；第一部历史文集是《尚书》。屈原作品中最为奇特的诗歌是《天问》。《离骚》是我国古代篇幅最长的抒情诗。

第三节　屈原的其他作品

知识点 1：清新幽渺的《九歌》☆ ☆

■ 知识点描述

《九歌》包括《东皇太一》《云中君》《湘君》《湘夫人》《大司命》《少司命》《东君》《河伯》《山鬼》《国殇》《礼魂》，共 11 篇。

■ 名师解读

《九歌》内容特色举例：

作 品	内 容 特 色
《湘君》《湘夫人》	湘水之神相互爱慕追求却终于不遇的波折变化的心境
《山鬼》	山神约会时，等候所爱之人而不得的思念、怨恨、犹疑、伤感等复杂情绪
《少命司》	神人之间才结相知、顷刻别离的悲愁

> 《九歌》所祭之神包括主司天、地、人的各路神灵。屈原在这些作品中既写出了神的灵异，更写出了神的"人性"，神性和人性相统一。抒写神与神之间、神与人之间的恋爱故事，使祭神歌曲带有浓浓的人间情味。同时，这些本应美好的爱情故事，结果却总不能如愿，寄托着屈原君臣难以遇合的悲怨。

> 《九歌》独特的题材，使它与屈原其他作品风格不同。神灵所在的环境和气氛，本就是一种清新幽渺的境界。再加上它侧重于描摹神灵之相思、人鬼的空恋，这就使奇异深浓的情感、凄清幽渺的境界、曼妙清新的描写结合在一起，造就了奇特瑰丽、色彩斑斓的艺术境界。

常考重点

识记《九歌》的篇目及内容。需要了解"清新幽渺"是《九歌》的特色。

真题演练

【单选题】

（2012年4月全国）屈原《九歌》表达神人之间才结相知、顷刻别离的悲愁的作品是（　　）。

A.《湘夫人》　　　B.《东君》　　　C.《国殇》　　　D.《少司命》

【答案与解析】　D。《少司命》表达了神人之间才结相知、顷刻别离的悲愁。

牛刀小试

【单选题】

屈原作品中风格清新幽渺，以祭神为题材的是（　　）。

A.《九歌》　　　B.《九章》　　　C.《天问》　　　D.《招魂》

【答案与解析】　A。《九歌》独特的题材，造成了它与屈原其他作品不同的风格。以祭祖为题材叙写神灵的活动和神灵的情感，描绘神灵所在的环境和气氛，本就是一种清新幽渺的境界。

知识点2：平实素朴的《九章》☆

知识点描述

《九章》包括《惜诵》《涉江》《哀郢》《抽思》《怀沙》《思美人》《惜往日》《橘颂》和《悲回风》九篇诗歌。

时间顺序：

> 《橘颂》最早，作于屈原仕途得意之时；

> 《惜诵》《抽思》《思美人》次之，可能写在屈原被怀王疏远之后；

> 《涉江》《哀郢》《悲回风》《惜往日》《怀沙》最晚，作于屈原被放江南时。

■ 名师解读

> 《九章》的主题与《离骚》相近,但艺术表现方面不同。《九章》直抒胸臆,文笔较为朴素。

■ 常考重点

识记《九章》的篇目及内容。需要了解"平实素朴"是《九章》的特色。

■ 真题演练

【单选题】

(2014 年 4 月全国)下列作品属于《九章》的是(　　)。

　A.《涉江》　　　　B.《河伯》　　　　C.《山鬼》　　　　D.《招魂》

【答案与解析】　A。《涉江》属于《九章》。《河伯》和《山鬼》属于《九歌》,《招魂》是单独的作品。

■ 牛刀小试

【单选题】

《九章》中写作时间最早的是(　　)。

　A.《抽思》　　　　B.《怀沙》　　　　C.《橘颂》　　　　D.《招魂》

【答案与解析】　C。《九章》的时间顺序是:《橘颂》最早;《惜诵》《抽思》《思美人》次之;《涉江》《哀郢》《悲回风》《惜往日》《怀沙》最晚。《招魂》不属于《九章》。

知识点 3：《天问》《招魂》简介

■ 知识点描述

> ➤ 《天问》一口气提出了 170 多个问题,是屈原作品中**最为奇特**的诗歌,也是仅次于《离骚》的长诗。
>
> ➤ 《招魂》的艺术成就:①结构精密;②长于铺排描摹。

■ 名师解读

> 《天问》的提问包括自然现象、社会现实、神话、历史等多个方面,体现了诗人广博的见识和批判的精神。

■ **牛刀小试**

【单选题】

屈原作品中针对自然现象、神话传说和远古历史、社会现实等，一口气提出了170多个问题的诗歌是(　　)。

A.《招魂》　　　　B.《九章》　　　　C.《天问》　　　　D.《思美人》

【答案与解析】　C。《天问》是屈原作品中最为奇特的诗歌。此诗的奇特，在于它针对自然现象、神话传说和远古历史、社会现实等，一口气提出了170多个问题。

第四节　宋　　玉

知识点：宋玉与《九辩》☆

■ **知识点描述**

宋玉是屈原之后的一位楚辞作家，曾在楚襄王朝为官，职位不高，生活困窘。《九辩》是宋玉的代表作之一。

■ **名师解读**

> **《九辩》简介**
>
> ➤ 清人王夫之认为，从结构来看，《九辩》就是由多个乐章组成的乐曲；
>
> ➤ 从创意来看，《九辩》是**自悲生平**之作。
>
> ➤ 从艺术特色看：
>
> - 长于铺排描摹，并在描绘中创造较为圆融的意境；
>
> - 刻画描写细致入微；
>
> - 造句用词也很可称道，韵散相间，长短不拘，参差错落，抑扬变化。

■ **常考重点**

《九辩》的概况。

■ **真题演练**

【单选题】

1.（2012年4月全国）认为《九辩》是由多个乐章组成的乐曲的人是(　　)。

A. 司马迁　　　　B. 刘向　　　　C. 王逸　　　　D. 王夫之

【答案与解析】　D。清人王夫之认为，《九辩》是由多个乐章组成的乐曲。"'辩'犹'遍'也，一阕谓之一遍。"（王夫之《楚辞通释》）

2. (2015 年 4 月全国)从创意看,《九辩》是一篇(　　)。

　　A. 闵惜其师放逐之作　　　　　　B. 陈道德以变说君之作

　　C. 批判谗佞群小之作　　　　　　D. 抒发际遇悲伤之作

【答案与解析】　D。从创意看,《九辩》不是"闵惜其师",而是自悲生平之作。自悲生平,也就是抒发际遇之悲伤的意思。

◼ 牛刀小试

【简答题】

简述《九辩》的艺术特色。

【答案与解析】

(1)长于铺排描摹,并在描绘中创造较为圆融的意境。

(2)刻画描写细致入微。

(3)造句用词也很可称道。韵散相间,长短不拘,参差错落,抑扬变化。

第二编　秦汉文学

第五章　秦汉政论及抒情、叙事文

本章提要

　　本章重点是两汉论证散文,对于不同时期考生需要分别掌握其代表作家、代表作品和文章特色,进而综合理解两汉不同时期的散文发展趋势。除了论证散文之外,两汉还有一些抒情、叙事散文,但是它们的考查频率相对较低,了解即可。而对于留存较少的秦代散文,考生需要重点了解的是《吕氏春秋》。

知识框架

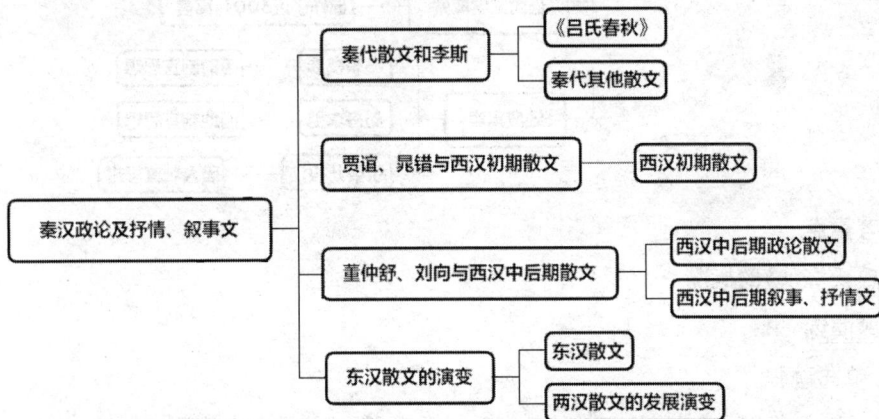

第一节　秦代散文和李斯

知识点1：《吕氏春秋》☆

知识点描述

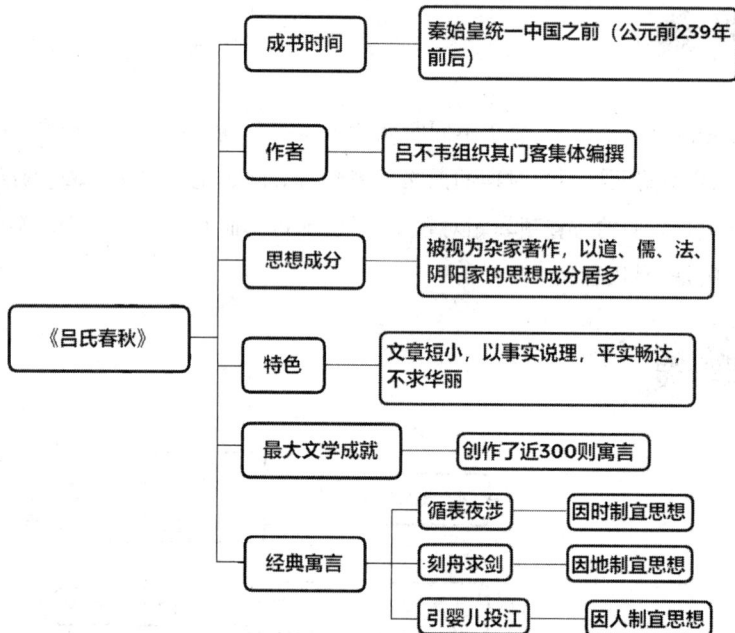

常考重点

《吕氏春秋》的概况。

真题演练

【单选题】

1.（2019年4月全国）从文学的角度看，《吕氏春秋》的最大成就是（　　）。

A. 刻画了性格鲜明的人物形象　　　　B. 创作了丰富多彩的寓言故事

C. 善于描写外交辞令　　　　　　　　D. 善于运用神话故事

【答案与解析】　B。从文学的角度看，《吕氏春秋》的最大成就是创作了近300则丰富多彩的寓言故事。故选B。

2.（2011年7月全国）从《吕氏春秋·察今》的本义来看，"循表夜涉"的故事要表达的是（　　）。

A. 因时制宜的思想　　　　　　　　　B. 因地制宜的思想

C. 因人制宜的思想　　　　　　　　　D. 因事制宜的思想

【答案与解析】　A。从《吕氏春秋·察今》的本义来看，"循表夜涉"的故事要表达的是因时制宜的思想。"刻舟求剑"表达的是因地制宜的思想；"引婴儿投江"表达的是因人制宜的思想。D项为无关的选项，并可排除B、C，故选A。

牛刀小试

【单选题】

向来被视为杂家著作的是（　　）。

A.《尚书》　　　　B.《左传》　　　　C.《史记》　　　　D.《吕氏春秋》

【答案与解析】　D。《吕氏春秋》向来被视为杂家著作，而以道、儒、法、阴阳家的思想成分居多。

知识点2：秦代其他散文

知识点描述

作　品	作　者	内　容	特　色
《谏逐客书》	李斯	上书秦始皇，指出逐客的错误	罗列事实，极力铺陈，举重若轻
秦刻石文	以李斯为主	刻石颂秦德	四言为句，三句为韵

名师解读

> ➢ 秦代散文除《吕氏春秋》外留存较少，留存下来的主要是奏议和刻石文。《谏逐客书》的作者是李斯，他的奏议文学水平较高。李斯同时也是大多刻石文的作者。
>
> ➢ **李斯**，楚国人，曾跟随荀子学习帝王之术。秦统一后为丞相，设郡县，统一文字和度量衡，下令焚书，倡导"以吏为师"，后遭陷害被腰斩。

常考重点

《谏逐客书》和秦刻石文的概况。

真题演练

【单选题】

（2011年4月全国）秦刻石文的主要用韵形式是（　　）。

A. 句句为韵　　　　B. 二句为韵　　　　C. 三句为韵　　　　D. 四句为韵

【答案与解析】　C。秦刻石文的形式是四言为句，三句为韵（只有《琅琊台刻石》是二句为韵），比较独特。

牛刀小试

【单选题】

《谏逐客书》的作者是(　　)。

A. 司马迁　　　　B. 李斯　　　　C. 吕不韦　　　　D. 贾谊

【答案与解析】　B。《谏逐客书》的作者是李斯,他的奏议文学水平较高。

第二节　贾谊、晁错与西汉初期散文

知识点：西汉初期散文 ☆☆☆

知识点描述

作　品	作者	特　色
《论积贮疏》《过秦论》	贾谊	(1) 忧患意识深浓,气势犀利,情感激扬,切直晓畅; (2) 铺排渲染,有纵横之气。
《论贵粟疏》《上书言兵事》	晁错	(1) 切实中肯,质实朴厚,擅长分析; (2) 排比铺叙,有纵横之气。

名师解读

> ➢ 贾谊和晁错在汉初政论散文家中最具代表性。他们的文章切近现实,长于分析对策,情感浓郁,纵横驰骋,成为"大汉鸿文"的标志。
>
> ➢ 大汉鸿文是鲁迅对贾谊、晁错散文的评价。原文为"皆为西汉鸿文,沾溉后人,其泽甚远。"

常考重点

贾谊、晁错散文的文学特色。

真题演练

【单选题】

(2019 年 4 月全国)晁错的散文《论贵粟疏》属于(　　)。

A. 史论散文　　　B. 政论散文　　　C. 叙事文　　　D. 抒情文

【答案与解析】　B。《论贵粟疏》论述轻赋役以劝农功、贵粟而贱金玉对于国家发展的意义,是晁错政论散文的代表。故选 B。

【简答题】

1. (2016 年 4 月全国)简述晁错政论散文的主要特色。

【答案与解析】

（1）切实中肯,质实朴厚,擅长分析。

（2）排比铺叙,有纵横之气。

2．（2017年4月全国）简述贾谊政论散文的艺术特色。

【答案与解析】

（1）忧患意识深浓,气势犀利,情感激扬,切直晓畅。

（2）铺排渲染,有纵横之气。

■ **牛刀小试**

【单选题】

《论贵粟疏》的作者是(　　)。

A. 刘向　　　　　B. 张载　　　　　C. 晁错　　　　　D. 司马迁

【答案与解析】　C。《论贵粟疏》是晁错政论散文的代表。《论贵粟疏》论述了轻赋役以劝农功、贵粟而贱金玉对于国家发展的意义。

第三节　董仲舒、刘向与西汉中后期散文

知识点1：西汉中后期政论散文 ☆☆

■ **知识点描述**

代表性作家：董仲舒、刘向。

董仲舒：

➤ "为群儒首",对西汉中后期散文文风变化影响很大;

➤ 代表作品：《春秋繁露》《天人三策》;

➤ **文章特色**：推衍《春秋》天人相感、阴阳灾异思想,逻辑严密,引经据典,冷静沉稳。

刘向：

➤ 继承董仲舒,在引经据典方面有所发展。

➤ 刘向奏疏文的**共同特点**：结构严整,逻辑清晰,往往先以正论开篇,继之以反证,然后总结观点,最后落脚在所针对的时事上。

➤ 代表作品：

- 《战国策叙录》,特点是文气盛壮,颇具纵横之风。

- 《新序》《说苑》,文学价值是：①采集群书中的逸闻琐事编撰而成,寓含劝诫训教之意;②以简短笔墨,描写人物言行,传达其形貌和精神;③故事有独立性,更具文学意味。

名师解读

> 董仲舒改变了西汉初期散文的纵横排宕之气，刘向在此基础上更加注重引经据典。但需要注意的是，刘向的散文并不都是这样，例如《战国策叙录》就颇具纵横之风。《战国策叙录》属于叙录，需要同前面奏疏文的特点加以区分。

常考重点

董仲舒、刘向的代表作品和文学特色。

真题演练

【单选题】

（2018 年 4 月全国）刘向奏疏文的共同特点是(   )。

A. 自然清丽，悠然自适   B. 反复诘难，富于激情

C. 结构严整，逻辑清晰   D. 气度宏伟，韵律谐和

【答案与解析】   C。刘向的奏疏文的共同特点是：结构严整，逻辑清晰，往往先以正论开篇，继之以反证，然后总结观点，最后落脚在所针对的时事上。

【多选题】

（2015 年 4 月全国）西汉中后期的著名散文家有(   )。

A. 刘向   B. 董仲舒   C. 贾谊   D. 晁错

E. 司马迁

【答案与解析】   ABE。西汉中后期的著名散文家有刘向、董仲舒、司马迁。贾谊和晁错是西汉初期的散文作家。

【简答题】

（2013 年 7 月全国）简述刘向《新序》《说苑》的文学价值。

【答案与解析】

（1）采集群书中的逸闻琐事编撰而成，寓含劝诫训教之意；

（2）以简短笔墨，描写人物言行，传达其形貌和精神；

（3）故事有独立性，更具文学意味。

牛刀小试

【单选题】

1. 在汉代被称作"为群儒首"的人是(   )。

A. 刘向   B. 董仲舒   C. 司马迁   D. 吕不韦

【答案与解析】   B。董仲舒在汉世"为群儒首"，对推尊儒术尤其是今文经术贡献甚大。

2. 汉成帝初年始,刘向受命校理群书,为一些典籍写了叙录,其中最著名的是( )。

A.《管子叙录》　　　　　　　　B.《列子叙录》

C.《战国策叙录》　　　　　　　D.《说苑叙录》

【答案与解析】　C。这四篇叙录都是刘向所著,但最著名的是《战国策叙录》。

知识点2:西汉中后期叙事、抒情文

知识点描述

作 品	作者	内 容
《报任安书》	司马迁	无辜而遭腐刑的不幸和内心的痛苦愤懑,说明自己忍受耻辱以实现著史理想的夙愿
《报孙会宗书》	杨恽	对自己不平遭遇的愤懑,退隐的苦中作乐
《盐铁论》	桓宽	采用对话体,以史为鉴,直切时事和政策

名师解读

> 《报任安书》和《报孙会宗书》都是作者官场遭遇不幸后,给朋友的回信,因而都饱含了作者对自身不幸遭遇的愤懑之情。可以借此理解两篇作品的内容。

> 《盐铁论》与当时的主体文风不同,采用了对话体,诘难辩驳,简洁犀利,行文质直平实,是它的文学特色。

常考重点

西汉中后期叙事、抒情文代表作品的作者和主要内容。

真题演练

【单选题】

(2007年7月全国)杨恽《报孙会宗书》所表达的情感内涵是( )。

A. 对不平遭际的怨愤　　　　　B. 对田园生活的不满

C. 对重归仕途的企盼　　　　　D. 对为官生涯的留恋

【答案与解析】　A。《报孙会宗书》是杨恽给友人的回信,描写了退隐生活的苦中作乐,也表达了对自己不平遭遇的愤懑。

牛刀小试

【单选题】

下面四篇作品中,司马迁写自己忍受耻辱以实现著史理想的夙愿的是( )。

A.《报任安书》　　B.《悲士不遇赋》　　C.《屈原贾生列传》　　D.《魏公子列传》

【答案与解析】　A。《报任安书》是司马迁写完《史记》之后给朋友的回信,信中抒写他无辜遭腐刑的不幸和内心的痛苦愤懑,说明自己忍受耻辱以实现著史理想的夙愿。

第四节　东汉散文的演变

知识点1：东汉散文 ☆

知识点描述

作　　品	作者	主张或特色
《新论》	桓谭	主张：鲜明的反图谶迷信思想;特色：行文朴实无华
《论衡》	王充	主张："疾虚妄",崇实尚用,倡导通俗,主张独创,反对"华而不实"和"实而不华";特色：勇于昭彰事实,行文明白畅达
《潜夫论》	王符	特色：切中时弊,富于情感
《昌言》	仲长统	特色：崇尚实用、讦直深刻、充满变革的思想;文风较为质朴而富于论辩色彩,往往言辞激烈
《与妇弟任武达书》	冯衍	特色：排偶铺陈,情感愤切
《崇厚论》《绝交论》	朱穆	特色：针对时俗而发,于阐明道理之中,蕴藏深沉的情感

常考重点

东汉散文作家的作品特色。

真题演练

【单选题】

1. (2018年4月全国)仲长统《昌言》的创作特点是(　　)。

　　A. 讦直深刻　　　　B. 通俗浅切　　　　C. 引经据典　　　　D. 形象生动

【答案与解析】　A。《昌言》和东汉末年的许多著作一样,思想比较庞杂,也比较活跃,而总的倾向是崇尚实用、讦直深刻、充满变革的思想。《昌言》的文风较为质朴,又富于论辩色彩,往往言辞激烈。

2. (2012年7月全国)从思想倾向看,桓谭是(　　)。

　　A. 反对君权至上的代表　　　　　　B. 讥刺儒家经典的代表

　　C. 反对图谶迷信的代表　　　　　　D. 抨击恶风郵俗的代表

【答案与解析】　C。桓谭的《陈时政疏》述说用贤纳言、赏罚公正、重农抑商之旨;《抑谶重赏疏》表现了鲜明的反图谶迷信思想。

3.（2011 年 4 月全国）王充《论衡》的著述宗旨是（　　）。

　　A."崇谶纬"　　　　B."陵霄汉"　　　　C."正是非"　　　　D."疾虚妄"

【答案与解析】　D。《论衡》全书以"疾虚妄"为宗旨,对汉世以来的阴阳灾异、河洛图谶以及今文经学学风、俗儒品格等给予有力的批驳,实际上也包含对东汉神学政治的批判。

4.（2016 年 4 月全国）东汉后期王符"志意蕴愤"的著作是（　　）。

　　A.《昌言》　　　　B.《潜夫论》　　　　C.《论衡》　　　　D.《盐铁论》

【答案与解析】　B。东汉后期王符"志意蕴愤"的著作是《潜夫论》。《昌言》的作者是仲长统;《论衡》的作者是王充;《盐铁论》的作者是桓宽。

■ 牛刀小试

【单选题】

下列不属于东汉散文作家的有（　　）。

A. 桓谭　　　　B. 王充　　　　C. 朱穆　　　　D. 杨恽

【答案与解析】　D。本题考查东汉散文的代表作家。桓谭、王充、朱穆是东汉散文家。杨恽是西汉中后期的散文作家。

知识点 2：两汉散文的发展演变 ☆☆

■ 名师解读

西汉初期:主要是与治国有关的政论,或反思秦鉴,或针对现实问题,行文质实畅达;受战国策士影响,大多具有纵横家遗风。

西汉中后期:引经据典,以阴阳灾异论政议事;文风转向平实沉稳,极少有情感波澜。

东汉前期:崇实诚,斥虚妄,通达深刻;具有批判精神。

东汉后期:有求实的鲜明倾向,切中时弊,愤世嫉俗;富于激情和文采。

■ 常考重点

两汉不同时期的散文发展趋势。

■ 真题演练

【单选题】

（2011 年 4 月全国）西汉中后期政论散文创作的新特点是（　　）。

A. 切直晓畅,议论政事富于情感　　　　B. 委婉曲折,常常借助比喻说理

C. 愤世嫉俗,批评政治不留情面　　　　D. 引经据典,以阴阳灾异论政议事

【答案与解析】 D。引经据典,以阴阳灾异论政议事是西汉中后期政论散文的主流新趋向。此外,董仲舒和刘向是西汉中后期政论散文最具代表性的作家。

【多选题】

(2015年10月全国)西汉初期散文创作的共同特征有( )。

A. 针对现实问题而发   B. 行文质实畅达

C. 受战国策士的影响   D. 推演天人相感

E. 用语繁难僻涩

【答案与解析】 ABC。西汉初期散文主要是与治国有关的政论,或反思秦鉴,或针对现实问题,行文质实畅达;受战国策士影响,大多具有纵横家遗风。

■ 牛刀小试

【简答题】

简述东汉前期和后期散文的特征。

【答案与解析】

东汉前期:崇实诚,斥虚妄,通达深刻;具有批判精神。

东汉后期:有求实的鲜明倾向,切中时弊,愤世嫉俗;富于激情和文采。

第六章　司马迁与两汉史传散文

本 章 提 要

　　本章内容为两汉史传散文,其中最重要的是司马迁的《史记》,考生需重点了解其文学成就,尤其注意掌握其中"互见法"这一重要概念。此外,对于《汉书》《吴越春秋》《越绝书》等其他著作也应当有所了解。

知 识 框 架

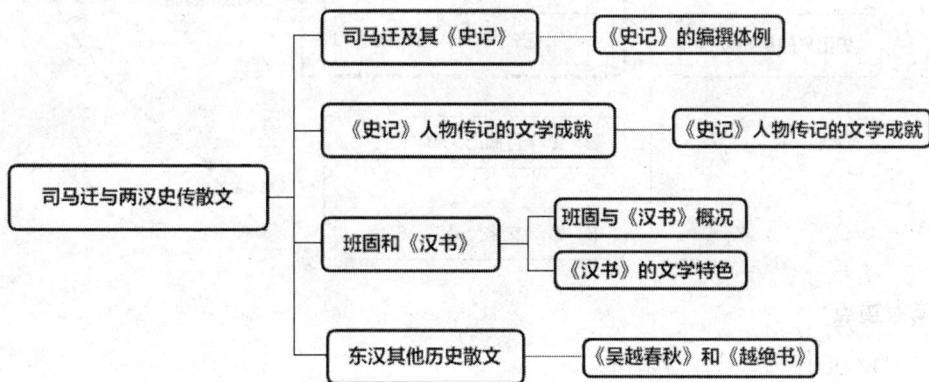

第一节 司马迁及其《史记》

知识点：《史记》的编撰体例 ☆

知识点描述

《史记》创造了"纪传体通史"的新体例,开创了以本纪、表、书、世家、列传五种体例写通史的范例。

名师解读

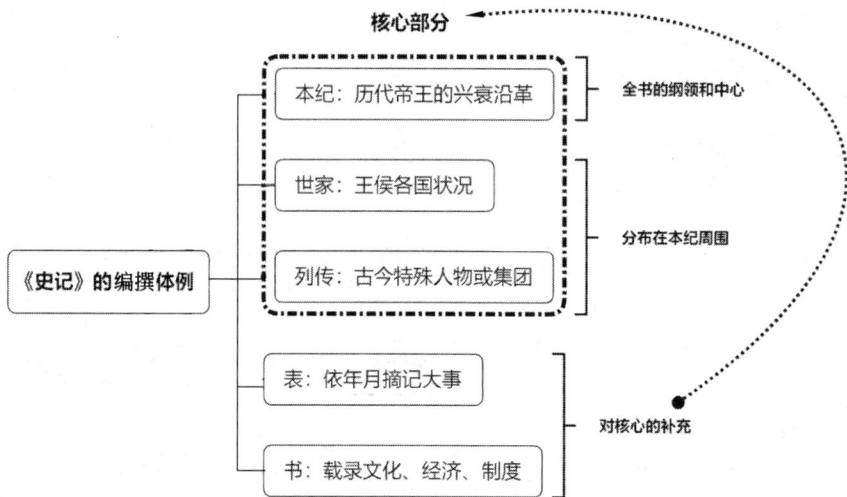

常考重点

《史记》的体例及其分布结构。

真题演练

【单选题】

1.（2015年10月全国）司马迁《史记》开创的史书体例是（　　）。

  A. 编年体   B. 国别体

  C. 纪传体   D. 纪事本末体

【答案与解析】 C。司马迁《史记》开创的史书体例是纪传体,之前的史书或以编年记述,或分国别记事,或以记言为主,或以记事为主。

2.（2017年4月全国）《史记》的核心部分是（　　）。

  A. 本纪、世家、列传   B. 本纪、书、表

  C. 世家、列传、书   D. 本纪、列传、表

【答案与解析】　A。本纪、世家、列传是核心部分,表、书则分别从不同的方面形成对核心的补充。

牛刀小试

【单选题】

《史记》的五种编写体例中,"本纪"这种体例主要是(　　)。

A. 记述王侯各国状况

B. 记述历代帝王的兴衰沿革

C. 载录文化、经济、制度

D. 记述古今特殊人物或集团

【答案与解析】　B。本纪,记述历代帝王的兴衰沿革;表,依年月摘记大事;书,载录文化、经济、制度;世家,记载王侯各国状况;列传,记述古今特殊人物或集团。

第二节　《史记》人物传记的文学成就

知识点:《史记》人物传记的文学成就☆☆

知识点描述

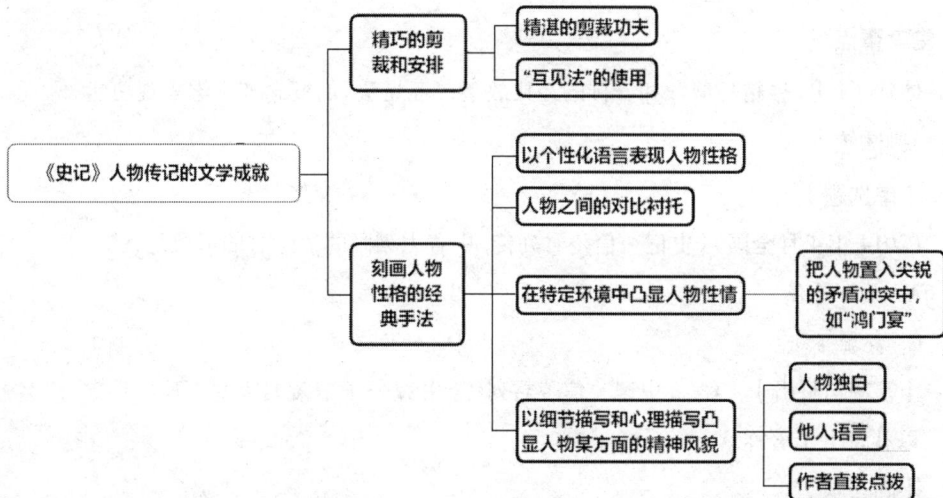

《史记》不只是一部具有开创意义的历史巨著,更是以其人物传记的卓越文学成就,成为文学史上史传文的典范,对后世文学尤其是叙事文学的发展产生了巨大而深远的影响。鲁迅将《史记》称为"史家之绝唱,无韵之离骚"。

■ 重要概念

互见法☆：

概念定义	• 在本人的传记中表现这个人物的主要经历和性格特征，以突出其主要特点，而其他的一些事件和性格特点则置入别人的传记中去描述。
举例解释	• 例如《高祖本纪》着重写刘邦的知人善任、仁爱保民等优点，表现了一代开国帝王风采；而刘邦残忍狡诈的一面则放在了其他人物的传记中。
文学功能	• 既使人物的主要经历完整，主要性格特征鲜明突出，又展现了人物丰富的人生经历和多侧面的性格，使事件和人物均有血有肉，完整活泼。

■ 名师解读

《史记》通过精巧的剪裁和安排刻画了人物的性格：

	人 物	性 格 特 点
完璧归赵	蔺相如	机智勇敢
渑池之会	蔺相如	维护国家尊严
廉蔺交欢	蔺相如	先公后私
《信陵君列传》	魏公子信陵君	不耻下交，名冠诸侯，礼贤下士

■ 常考重点

体现了《史记》精巧剪裁和安排的经典故事；"互见法"的概念和文学表现功能。

■ 真题演练

【单选题】

（2014 年 4 月全国）《史记·信陵君列传》中着力刻画的信陵君的形象是（　　）。

A. 知人善任　　　　　　　　　B. 年轻气盛

C. 礼贤下士　　　　　　　　　D. 世故老成

【答案与解析】　C。《史记·信陵君列传》中魏公子信陵君无忌"不耻下交"，"名冠诸侯"，以礼贤下士著称。

【简答题】

（2012 年 4 月全国）简述《史记》"互见法"的文学表现功能。

【答案与解析】　《史记》的"互见法"是人物传记选用安排材料的一个重要方法，即在本人的传记中表现这个人物主要的经历和性格特征，以突出其主要特点，而其他的一些事件和性格特点则置入别人的传记中去描述。如《高祖本纪》主要写刘邦的知人善任、雄才大略，而其残忍无赖的一面则在其他人物的传记中表现。"互见法"的使用，既使人物的主要经历完整,主要性格特征鲜明突出,又展现了人物丰富的经历和多侧面的性格,使事件和人物均有血有肉,完整活泼。

牛刀小试

【单选题】

《史记》人物传记是以人物为核心,贯穿事件,司马迁选用安排材料的方法除了精巧的剪裁,另一个是(　　)。

　A. 对比法　　　　　B. 描述法　　　　　C. 互见法　　　　　D. 白描法

【答案与解析】　C。《史记》人物传记选用安排材料的一个重要方法,是在本人的传记中表现这个人物主要的经历和性格特征,以突出其主要特点,而其他的一些事件和性格特点则置入别人的传记中去描述。这个方法被称为"互见法"。

第三节　班固和《汉书》

知识点 1：班固与《汉书》概况 ☆

知识点描述

➢ 班固,自汉明帝永平中受诏著史,用 20 多年时间完成了《汉书》的大半部分,其主要著作还有《白虎通德论》。

➢ 《汉书》是我国**第一部断代史**,其体例基本继承了《史记》,只是改"书"为"志",又**取消"世家"**并入"传",全书 100 篇,包括 12 本纪、8 表、10 志、70 传。

➢ 《汉书》中的"八表"和《天文志》,由班固的妹妹班昭和学者马续补作。

常考重点

《汉书》体例相比于《史记》的变化。

真题演练

【单选题】

(2011 年 4 月全国)班固的《汉书》在体例上将《史记》中的"世家"并入(　　)。

　A. 本纪　　　　　B. 书　　　　　C. 传　　　　　D. 表

【答案与解析】　C。《汉书》的体例基本继承《史记》,只是改"书"为"志",又取消"世家"并入"传"。

牛刀小试

【单选题】

《汉书》是我国第一部(　　)。

　A. 国别史　　　　B. 断代史　　　　C. 纪传体通史　　　D. 编年史

【答案与解析】 B。《汉书》是我国第一部断代史,起自高祖元年(公元前206年),止于王莽地皇四年(公元23年)。

知识点2:《汉书》的文学特色 ☆

知识点描述

《汉书》的文学特色:

> **叙事**平实稳健,**文章**组织严谨,语言典雅凝练,不失为史传文的典范;

> 人物传记能够在短幅片段之中**摹声绘形**,传达人物的神貌和性格。

名师解读

《汉书》最负盛名的人物描写,是《李广苏建传》中对李陵、苏武的**精细刻画**。"李陵传"写李陵兵败而降,在匈奴为官;"苏武传"塑造了忠贞不渝的爱国者苏武的光辉形象。

常考重点

辨识《汉书》的文学特色。

真题演练

【单选题】

(2010年4月全国)下列表述班固《汉书》特点不正确的一项是( )。

A. 行文挥洒自如　　　　　　　B. 叙事平实稳健

C. 文章组织谨严　　　　　　　D. 语言富丽典雅

【答案与解析】 A。《汉书》没有《史记》那样深浓的情感,行文也不像《史记》那样富于变化、挥洒自如。但是,《汉书》叙事平实稳健,文章组织严谨,语言典雅凝练,不失为史传文的典范。

牛刀小试

【单选题】

《汉书》中的人物传记具有的写作特点是( )。

A. 挥洒自如　　　　　　　　　B. 虚构故事

C. 摹声绘形　　　　　　　　　D. 简洁犀利

【答案与解析】 C。《汉书》有不少人物传记。从文学角度说,《汉书》中的人物传记能够在短幅片段之中摹声绘形,传达人物的神貌和性格。

第四节　东汉其他历史散文

知识点：《吴越春秋》和《越绝书》☆

知识点描述

东汉杂史散文中最为知名的是《吴越春秋》和《越绝书》。

作　品	作者	共　同　点	不　同　点
《吴越春秋》	赵晔	● 都记载春秋末年吴越争霸的历史； ● 都虚构了一些荒诞离奇的故事，也采用了不少神话和民间传说，与后世的传奇小说相近。	● 《吴越春秋》前后连贯成篇，《越绝书》各篇相对独立； ● 《吴越春秋》集中记述吴越争霸的故事，《越绝书》还有地理、占气等专篇； ● 《吴越春秋》似较《越绝书》更具文学性。
《越绝书》	袁康		

常考重点

《吴越春秋》与《越绝书》的异同。

真题演练

【单选题】

(2012年7月全国)《吴越春秋》产生的年代是(　　)。

A. 春秋时期　　　　B. 战国时期　　　　C. 西汉时期　　　　D. 东汉时期

【答案与解析】　D。此题易错选A。《吴越春秋》记载了春秋末年吴越争霸的历史，成书年代为东汉。题目问的是成书年代。

牛刀小试

【单选题】

《吴越春秋》与《越绝书》在内容上的不同表现在(　　)。

A. 前者全面记述吴、越两国历史，后者只写越国的历史

B. 前者各篇相对独立，后者前后连贯成篇

C. 前者集中记述吴越争霸的故事，后者还有地理、占气等专篇

D. 前者虚构了不少故事细节，后者则客观记述两国历史

【答案与解析】　C。《吴越春秋》与《越绝书》都记载了春秋末年吴越争霸的历史。但它们除了记录基本史实外，还虚构了一些荒诞离奇的故事，也采用了不少神话和民间传说，与后世的传奇小说相近。故A与D的说法错误。二者也有不同之处，如《吴越春秋》前后连贯成篇，《越绝书》各篇相对独立。故B的说法错误。《吴越春秋》集中记述吴越争霸的故事，《越绝书》还有地理、占气等专篇。故选C。

第七章 两汉辞赋

本 章 提 要

本章内容为两汉辞赋,其中考生需要重点理解的是两汉辞赋的发展演变,即由骚体发展为赋体,大赋兴起;而后又由大赋向抒情小赋演变。作为这两次演变的产物,汉大赋和抒情小赋的代表作品、作家都很重要,需要重点记忆和理解其文学特色和地位。总体而言,本章知识点较多,结构也较为复杂。

知 识 框 架

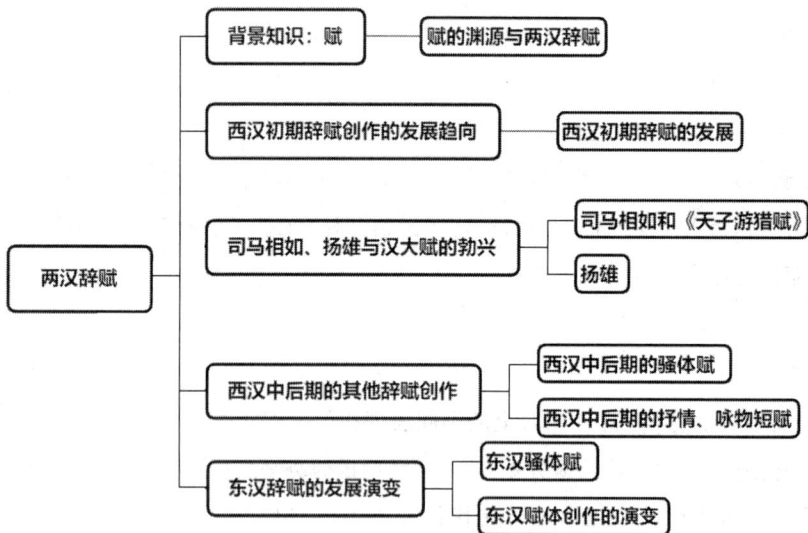

背景知识：赋

知识点：赋的渊源与两汉辞赋 ☆

知识点描述

赋：

➤ 非诗非文，而又具有诗、文的不少特点，是诗、文的综合体。

➤ 《诗经》、楚辞、先秦散文，都是孕育赋的源泉。

➤ "赋"作为文体名称，最早见于荀子《赋篇》。

两汉辞赋：

➤ 存在两种类型：

- "骚体赋"，以抒情述志为主，体式基本与先秦的楚辞相同，如贾谊《吊屈原赋》、蔡邕《述行赋》；

- "大赋"或"汉赋"，以状物摹绘为主，铺排夸饰，文辞富丽，如司马相如《天子游猎赋》、张衡《二京赋》。

➤ 东汉中后期出现的新类型：

- "抒情小赋"，句法类于大赋，但篇幅比较短小，铺叙摹绘的成分减少而抒情成分极大增加，如张衡《归田赋》、赵壹《刺世疾邪赋》。

➤ 两汉辞赋的发展脉络：

- "骚体赋"时时出现，延续不断；

- 讲究铺夸描摹的赋体文学的兴起、发达和演变。

常考重点

赋的渊源。

真题演练

【单选题】

(2014年10月全国)"赋"作为文体的名称，最早见于(　　)。

A.《高唐赋》　　　B.《赋篇》　　　C.《登徒子好色赋》　　　D.《吊屈原赋》

【答案与解析】　B。从表现形式上看，赋是一种特殊的文体。"赋"作为文体的名称，最早见于荀子的《赋篇》。

牛刀小试

【单选题】

下列关于赋的说法中错误的是(　　)。

A."赋"作为文体名称，最早见于荀子《赋篇》

B. "赋"是诗、文的综合体

C. 东汉中后期"赋"的主要类型包括"骚体赋"和"大赋"

D. "大赋"以状物摹绘为主,文辞富丽

【答案与解析】 C。汉代辞赋类作品,从其内容和表现形式看,存在两种类型:一种以抒情述志为主,一般被称为"骚体赋"。另一种以状物摹绘为主,铺排夸饰,文辞富丽,是一般所说的"大赋"或"汉赋"的典型。东汉中后期出现了"抒情小赋",句法类于大赋,但篇幅比较短小。

第一节　西汉初期辞赋创作的发展趋向

知识点：西汉初期辞赋的发展 ☆ ☆

▣ 知识点描述

```
┌──────────┐   从浓情质实到失情华丽   ┌──────────┐
│   贾谊   │ ─────────────────→ │   枚乘   │
│  骚体赋  │   由骚体到赋体        │   大赋   │
└──────────┘                      └──────────┘
```

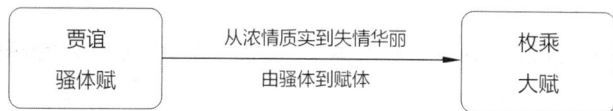

➢ 贾谊骚体赋的内涵特色是抒情述志、情感浓郁,代表作有《吊屈原赋》《鹏鸟赋》和《旱云赋》。

▣ 重要作品

(1)"梁孝王忘忧馆时豪七赋"

➢ 包括:枚乘《柳赋》,路乔如《鹤赋》,公孙诡《文鹿赋》,邹阳《酒赋》《几赋》,公孙乘《月赋》,羊胜《屏风赋》。

➢ 创作特点:这些作品显示,汉初的辞赋创作发生了明显变化。在创作倾向上,它们完全脱离了贾谊抒情言志的优良传统,而走向游戏文字和阿谀颂德;在表现手法上,已经显露出铺排描摹的迹象。

(2)《七发》☆ ☆

➢ 是标志着**枚乘开创大赋**的典范作品。

➢ 创作特点:

  • 铺叙描摹,夸饰渲染;

  • 整篇不见抒情语句,完全失去了作者自我的真情实感;

  • 在遣词造句方面,也不同于贾谊的质朴无华,而是走向了繁难和华丽;

  • 以主客(楚太子与吴客)问答的形式结构全篇。

▶ 名师解读

> 贾谊的骚体赋明显继承了楚辞的特征,而与后来的大赋有别。其《吊屈原赋》《鵩鸟赋》都直抒胸臆,议论多于形象;而《旱云赋》则善于写景状物,文采可观。贾谊的作品总能抒发自己的真情实感,例如《吊屈原赋》借凭吊屈原抒发了自己政途受挫、怀才不遇的幽愤。

▶ 常考重点

《七发》是枚乘开创大赋的标志;根据《七发》的创作特点,阐述贾谊与枚乘创作特点的不同。

▶ 真题演练

【单选题】

1.（2013 年 4 月全国）"梁孝王忘忧馆时豪七赋"共同的创作倾向是（　　）。

    A. 切实诚挚,抒情言志　　　　　　B. 阿谀颂德,游戏文字

    C. 长篇巨制,偶含劝诫　　　　　　D. 愤世嫉俗,质朴自然

【答案与解析】　B。"梁孝王忘忧馆时豪七赋"显示,汉初的辞赋创作发生了明显变化:在创作倾向上,它们完全脱离了贾谊抒情言志的优良传统,而走向游戏文字和阿谀颂德;在表现手法上,已经显露出铺排描摹的迹象。

2.（2014 年 10 月全国）西汉初期辞赋创作的发展趋向是（　　）。

    A. 从情思浓郁、质实纯朴向缺少真情、辞藻华丽方向发展

    B. 从关注社会、政治、人生向远离社会、政治、人生方向发展

    C. 从为统治集团歌功颂德向愤世嫉俗方向发展

    D. 从表达人世进取情志向抒发避世高蹈意愿方向发展

【答案与解析】　A。从创作趋向看,西汉初期辞赋创作呈现为从浓情质实到失情华丽、由骚体到赋体的发展。"创作的发展趋向"也即"创作趋向"。

【简答题】

（2011 年 7 月全国）枚乘的《七发》开创了大赋体式,简述其创作特点。

【答案与解析】

（1）铺叙描摹,夸饰渲染;

（2）整篇不见抒情语句,完全失去了作者自我的真情实感;

（3）遣词造句走向繁难和华丽;

（4）以主客问答形式结构全篇。

■ 牛刀小试

【单选题】

主客问答是汉大赋的基本结构方式。《七发》中的主、客是(　　　)。

A. 子虚先生与乌有先生　　　　　B. 东都主人与西都宾

C. 凭虚公子与安处先生　　　　　D. 楚太子与吴客

【答案与解析】　D。本题考查枚乘《七发》中的主、客。A 项是《子虚赋》中的主、客；B 项是《两都赋》中的主、客；C 项是《二京赋》中的主、客。

第二节　司马相如、扬雄与汉大赋的勃兴

知识点 1：司马相如和《天子游猎赋》☆ ☆

■ 知识点描述

《子虚赋》和《上林赋》，虽有二名，实为一篇，统称《天子游猎赋》，是司马相如的代表作。司马相如的代表作还有《长门赋》等。

《天子游猎赋》的特点：

➢ 采用问难的结构、整齐排偶的句式；

➢ 丧失了真情实感；

➢ 空间的极度排比；

➢ 以直接而单纯的铺叙摹绘为主要表现手法；

➢ 遣词用语更加繁难僻涩。

以上特点表明，《天子游猎赋》的根本特色不在于抒情述志，而在于**逞竞才学和炫耀文字**，这也是大赋作家、作品共有的特色。这一鲜明特色使汉大赋在某种意义上摆脱了有汉以来实用文风的束缚，曲折而执着地实现了文学表现自身的长足发展。

司马相如也有**抒情述志**的赋作，此类代表作为《长门赋》，其在情景交融的情感抒发方面，艺术表现已相当圆熟。

■ 名师解读

　　《天子游猎赋》使用繁细的铺叙、夸张的摹绘，展现了天子游猎的奢侈景象，虽然也表达了讽谏之意，但所用笔墨极少，且非直言相谏，因此往往反而助长了天子的奢侈欲望，故有"劝百讽一"的说法。"劝"也就是鼓励的意思。此处无须掌握这种说法，但其对于理解后面扬雄的创作特色同样会有帮助。

常考重点

《天子游猎赋》和《长门赋》的创作特色。

真题演练

【单选题】

(2015年10月全国)《天子游猎赋》所体现的司马相如的创作心态是(　　)。

A. 抒情述志

B. 逞才炫耀

C. 发愤指弊

D. 劝善惩恶

【答案与解析】　B。《天子游猎赋》的根本特色不在于抒情述志,而在于逞竞才学和炫耀文字。实际上,不止司马相如,也不止《天子游猎赋》,汉代所有大赋作家、作品,无不具有逞才炫耀性质,只是程度有所不同而已。

【简答题】

(2017年10月全国)简述司马相如大赋的创作特点及其贡献。

【答案与解析】

创作特点:

(1)采用问难的结构、整齐排偶的句式;

(2)丧失了真情实感;

(3)空间的极度排比;

(4)以直接而单纯的**铺叙摹绘**为主要表现手法;

(5)遣词用语更加繁难僻涩。

以上特点表明,《天子游猎赋》的根本特色不在抒情述志,而在于**逞竞才学和炫耀文字**,这也是大赋作家、作品共有的特色。

贡献:

逞竞才学和炫耀文字这一鲜明特色使汉大赋在某种意义上摆脱了有汉以来实用文风的束缚,曲折而执着地实现了文学表现自身的长足发展。

牛刀小试

【单选题】

《子虚赋》和《上林赋》是司马相如的代表作,虽有二名,实为一篇,统称(　　)。

A.《洛神赋》

B.《天子游猎赋》

C.《西京赋》

D.《两都赋》

【答案与解析】　B。《子虚赋》和《上林赋》,虽有二名,实为一篇,统称《天子游猎赋》。其根本特色不在抒情述志,而在于逞竞才学和炫耀文字。

知识点2：扬雄 ☆☆

▣ 知识点描述

扬雄作品：

《甘泉赋》、《河东赋》、《校猎赋》（又称《羽猎赋》）、《长杨赋》、《蜀都赋》、《太玄赋》、《逐贫赋》、《酒赋》、《解嘲》、《解难》等。其中《蜀都》《甘泉》《河东》《校猎》《长杨》五篇大赋，是扬雄辞赋的代表作。

扬雄对大赋创作的拓展（贡献）：

➢ 拓展了大赋的题材领域；

➢ 进一步加强了大赋"劝百讽一"的"劝"的色彩；

➢ 艺术表现上有了新的变化：

• 篇幅相对缩短，描摹对象集中；

• "以美为讽"的思想表达方式。

▣ 常考重点

扬雄对大赋创作的拓展或贡献。

▣ 真题演练

【多选题】

（2011年7月全国）扬雄对大赋发展所做的贡献主要有（   ）。

A. 拓展了大赋的题材领域

B. 加强了大赋"劝百讽一"的"劝"的色彩

C. 描摹对象集中，篇幅相对缩短

D. 往往采取"以美为讽"的表达方式

E. 增进了作家的真情实感

【答案与解析】　ABCD。扬雄对大赋发展所做的贡献主要有：①拓展了大赋的题材领域；②进一步加强了大赋"劝百讽一"的"劝"的色彩；③艺术表现上有了新的变化：首先是篇幅相对缩短，描摹对象集中；其次是"以美为讽"的思想表达方式。

【简答题】

（2015年10月全国）简述扬雄大赋的创作特色。

【答案与解析】

（1）拓展了大赋的题材领域；

（2）进一步加强了大赋"劝百讽一"的"劝"的色彩；

（3）艺术表现上有了新的变化：篇幅相对缩短，描摹对象集中；"以美为讽"的思想表达方式。

📓 **牛刀小试**

【单选题】

下列赋作中,不属于扬雄的代表作的是(   )。

A.《甘泉赋》   B.《河东赋》   C.《长门赋》   D.《校猎赋》

【答案与解析】   C。《蜀都赋》《甘泉赋》《河东赋》《校猎赋》《长杨赋》5篇大赋,是扬雄辞赋的代表作。扬雄的这5篇大赋在铺排夸丽的风格,以及体式组构上基本模仿相如赋,但在谋篇运思上有了新的拓展。《长门赋》是司马相如抒情述志的赋作。

第三节 西汉中后期的其他辞赋创作

知识点1：西汉中后期的骚体赋☆

📓 **知识点描述**

作 品	作 者	内容或特点
《李夫人赋》	汉武帝刘彻	悼念李夫人
《遂初赋》	刘歆	借古抒情、借景抒情;是汉代"**纪行赋**"的开山之作
《自悼赋》	班婕妤	自己从入宫到被废黜的心态变化

📓 **常考重点**

西汉中后期骚体赋的代表作品、作者;《遂初赋》的地位。

📓 **真题演练**

【单选题】

(2011年7月全国)汉代"纪行赋"的开山之作是(   )。

A.《述行赋》   B.《东征赋》   C.《遂初赋》   D.《北征赋》

【答案与解析】   C。刘歆,字子骏,刘向少子,西汉后期著名学者。他的《遂初赋》是西汉后期值得注意的一篇辞作。《遂初赋》是汉代"纪行赋"的开山之作,后汉班彪、班昭、蔡邕等,都有此类作品。

📓 **牛刀小试**

【单选题】

下列赋作属于班婕妤所作的是(   )。

A.《大人赋》   B.《北征赋》   C.《述行赋》   D.《自悼赋》

【答案与解析】　D。班婕妤的《自悼赋》抒写自己从入宫到被废黜过程中的心态变化和感受,深刻而细腻,十分感人。《大人赋》的作者是司马相如;《北征赋》的作者是班彪;《述行赋》的作者是蔡邕。

知识点 2：西汉中后期的抒情、咏物短赋 ☆

■ 知识点描述

作　品	作　者	类　型
《答客难》《非有先生论》	东方朔	抒情
《悲士不遇赋》	司马迁	抒情
《杨柳赋》《蓼虫赋》	孔臧	咏物
《洞箫赋》	王褒	咏物

■ 名师解读

　　《洞箫赋》在咏物赋的发展中有重要地位。首先,较之以前的咏物小赋,它在艺术表现上有了质的飞跃,把自己的遭遇和**情感完全融入**对洞箫的描述中。其次,全文只描写乐器和音乐,从乐器的制作,到乐声的摹画,到乐用的阐述,**完整而集中**。当然,《洞箫赋》仍存有大赋遣词造句铺夸佶屈的风气,但是它**咏物自况**,融注作者浓烈的情感,其精神实质和创作倾向,**与大赋有了本质的区别**。

■ 常考重点

　　西汉中后期的抒情、咏物短赋的代表作品、作者;《洞箫赋》在咏物赋发展中的地位。

■ 真题演练

【单选题】

(2015 年 10 月全国)西汉中期东方朔著名的抒情短赋是(　　)。

A.《自悼赋》　　　　B.《显志赋》　　　　C.《答客难》　　　　D.《答宾戏》

【答案与解析】　C。西汉中期东方朔著名的抒情短赋是《答客难》。此外,还有《非有先生论》。

【多选题】

(2017 年 4 月全国)王褒《洞箫赋》的创作特点有(　　)。

A. 全文写乐器和音乐,完整而集中　　　　B. "写物图貌",繁细的摹绘

C. 咏物自况,融入浓烈的情感　　　　D. "以美为讽",婉转的表达思想

E. 遣词造句,仍存铺夸佶屈的风气

【答案与解析】　ACE。《洞箫赋》在咏物赋的发展中有重要地位。首先,较之以前的咏物小赋,它在艺术表现上有了质的飞跃,把自己的遭遇和**情感完全融入**对洞箫的描述中。其次,全文只描写乐器和音乐,从乐器的制作,到乐声的摹画,到乐用的阐述,**完整而集中**。当然,《洞箫赋》仍存有大赋遣词造句铺夸佶屈的风气,但是它**咏物自况**,融注作者浓烈的情感,其精神实质和创作倾向,**与大赋有了本质的区别**。

牛刀小试

【单选题】

《杨柳赋》《蓼虫赋》的作者是(　　)。

A. 王褒　　　　　B. 司马迁　　　　　C. 孔臧　　　　　D. 东方朔

【答案与解析】　C。孔臧的《杨柳赋》《蓼虫赋》,是西汉中期比较优秀的咏物小赋。与汉初的咏物小赋相比,形制虽近,但它们是咏物以托志,与汉初小赋在咏物之后续以廉价的颂美之辞绝不相同。

第四节　东汉辞赋的发展演变

知识点1:东汉骚体赋

知识点描述

东汉骚体赋的主要作家、作品有:**班彪的《北征赋》、冯衍的《显志赋》、蔡邕的《述行赋》**。

真题演练

【单选题】

(2012年4月全国)蔡邕的代表作是(　　)。

A.《述行赋》　　　B.《思玄赋》　　　C.《显志赋》　　　D.《北征赋》

【答案与解析】　A。蔡邕,学问渊博,精通经史、音律,擅长书法,工于辞章。《述行赋》是其辞赋的代表。《思玄赋》为张衡所作;《显志赋》为冯衍所作;《北征赋》为班彪所作。

牛刀小试

【单选题】

东汉《显志赋》的作者是(　　)。

A. 赵壹　　　　　B. 班固　　　　　C. 张衡　　　　　D. 冯衍

【答案与解析】　D。冯衍的《显志赋》,是他免官回归故里后所作,叙写了"时俗险厄"的悲愤及其家门不幸的愁思,表达了他隐居高蹈的志愿。

知识点2：东汉赋体创作的演变 ☆ ☆

■ **知识点描述**

东汉赋体文学的创作轨迹：**由大赋向抒情小赋演变**。

➤ 初期赋家继承司马相如、扬雄的赋风，以京都为题材，创作铺张扬厉的**大赋**，班固的《**两都赋**》、张衡的《**二京赋**》是其代表。

➤ 到中期以后，赋体创作向着贴近现实人生、篇幅短小和抒情言志的方向发展，张衡的《**归田赋**》、赵壹的《**穷鸟赋**》《**刺世疾邪赋**》、祢衡的《**鹦鹉赋**》等，是这类抒情小赋的代表。

■ **重要概念**

京都赋：

➤ **历史背景**：刘秀定都洛阳，引起了"都洛阳"还是"都长安"的争议，这一争议影响到赋的创作，产生了"京都赋"类的作品。

➤ **发展**：杜笃《论都赋》是京都赋的**开端**；班固《两都赋》**成就最高、影响巨大**；张衡《二京赋》成为汉代京都赋的**极致**，也可以说是汉代大赋的**绝响**。

■ **名师解读**

张衡的大赋和抒情小赋有不同的文学特色：

➤ 《二京赋》的规模、容量和篇幅都超过前人，铺陈胪列，细致描绘，更加不厌其烦，成为汉代京都赋的极致，可以说是汉代大赋的绝响。

➤ 《归田赋》全篇只有40句，形制短小；语句清丽流畅，绝无夸饰堆砌；抒写自己的怀抱和情志，个性鲜明。标志着汉赋创作倾向的重大转变，是东汉抒情小赋的开山之作。

祢衡《鹦鹉赋》的艺术特点：

➤ 以反讽手法，赞赏鹦鹉"顺从以远害""驯扰以安处"，实是自己困厄无奈的委婉表白；

➤ 正言曲说，更加重了悲哀的浓度；

➤ 通篇比喻象征，抒情深沉浓郁，艺术水平颇高。

■ **常考重点**

东汉赋体创作的演变趋势；《二京赋》《归田赋》和《鹦鹉赋》的文学特色或艺术特点。

真题演练

【简答题】

1. (2014年4月全国)简述张衡《归田赋》的创作特色及其贡献。

【答案与解析】

创作特色：形制短小；语句清丽流畅，绝无夸饰堆砌；抒写自己的怀抱和情志，个性鲜明。

贡献：标志着汉赋创作倾向的重大转变。

2. (2013年7月全国)简述祢衡《鹦鹉赋》的艺术特点。

【答案与解析】

(1) 以反讽手法，赞赏鹦鹉"顺从以远害""驯扰以安处"，实是自己困厄无奈的委婉表白。

(2) 正言曲说，加重了悲哀的浓度。

(3) 通篇比喻象征，抒情深沉浓郁，艺术水平颇高。

牛刀小试

【单选题】

张衡所写的某作品在规模、容量和篇幅都超过前人，并成为汉代京都赋的极致。这一篇作品是(　　)。

　　A.《洛神赋》　　　　B.《二京赋》　　　　C.《西都赋》　　　　D.《归田赋》

【答案与解析】　　B。张衡《二京赋》的规模、容量和篇幅都超过前人，铺陈胪列，细致描绘，更加不厌其烦，成为汉代京都赋的极致，可以说是汉代大赋的绝响；而其《归田赋》又是东汉抒情小赋的开山之作。《洛神赋》为曹植所写，《西都赋》为班固所写。

第八章　两汉诗歌

本 章 提 要

　　本章主要内容为以《古诗十九首》和汉乐府民歌为代表的两汉诗歌。五言诗在东汉走向成熟,考生需要了解。本章重点为《古诗十九首》和汉乐府民歌的题材(或情思内涵)与艺术特色,尤其要注意的是这两部作品在题材方面划分较细,需注重知识结构的梳理。

知 识 框 架

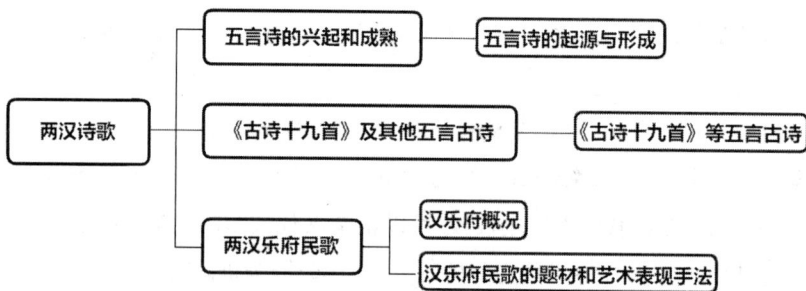

第一节　五言诗的兴起和成熟

知识点：五言诗的起源与形成 ☆

知识点描述

➢ 《诗经》少数诗章已出现片段或全章五言的诗句。

➢ 春秋末到战国期间，民歌中也偶见五言者。

➢ 西汉时期的一些歌谣和乐府诗歌，五言的成分很大。

➢ 东汉乐府诗歌里出现了成熟的五言诗：

- 东汉前期应亨《赠四王冠诗》和班固《咏史》是**最早**的有作者可考且信实的五言诗；

- 张衡《同声歌》、秦嘉《赠妇诗》标志着文人五言诗逐渐成熟。

常考重点

五言诗成熟过程中的标志性作品。

真题演练

【单选题】

（2016 年 4 月全国）文人五言诗《同声歌》的作者是（　　）。

　A. 辛延年　　　　　B. 秦嘉　　　　　C. 李延年　　　　　D. 张衡

【答案与解析】　D。文人五言诗《同声歌》的作者是张衡。《同声歌》以新婚女子的口吻，表达她愿与丈夫永结情好的志愿，比兴含蓄，词采绮丽。

牛刀小试

【单选题】

东汉文人五言诗《咏史》的作者是（　　）。

　A. 应亨　　　　　B. 秦嘉　　　　　C. 张衡　　　　　D. 班固

【答案与解析】　D。根据现存资料，有作者可考且信实的五言诗，最早是东汉前期应亨的《赠四王冠诗》和班固的《咏史》。

第二节　《古诗十九首》及其他五言古诗

知识点：《古诗十九首》等五言古诗 ☆ ☆

知识点描述

（1）《古诗十九首》最早见于《文选》，编者把这些亡失主名的五言诗汇集起来，冠以此名。

（2）《古诗十九首》的**情思内涵**：

➤ 离情别绪，表现为思乡和怀人；

- 思念家乡亲人；

- 从思妇的角度，抒发她们的闺思和愁怨。

➤ 游子士人对生存状态（通常是人生的失意和无常）的感受及其人生的某些（无奈的或情感化的）观念：

- 功业迟滞的**焦灼和失意**；

- **世态炎凉**的深刻感受；

- 感到**人生短暂**、**飘忽如寄**。

其中**基本**的情思内涵是：离情别绪、人生的失意和无常之感。

（3）《古诗十九首》的**艺术特征**：

➤ 意蕴多义：言有尽而意无穷的表现风格；

➤ 浅近自然、不假雕饰而富于表现力；

➤ 情思与景物、情境的融合：

- 白描手法；

- 比兴手法；

- 象征手法。

■ **重要概念**

苏李诗：是《文选》收录的 7 首无主名的五言古诗，被归于李陵（3 首）、苏武（4 首）名下，但其实并不是李陵、苏武的作品，应当是汉末人所作。

■ **常考重点**

《古诗十九首》的情思内涵和艺术特征。

■ **真题演练**

【多选题】

1.（2013 年 7 月全国）《古诗十九首》所表达的主要情思内涵有（　　　）。

　　A. 思乡和怀人　　　　　B. 闺思和愁怨　　　　　C. 漂泊和蹉跎

　　D. 焦灼和失意　　　　　E. 无奈和无常

【答案与解析】　ABDE。《古诗十九首》基本的情思内涵是离情别绪、人生的失意和无常之感。离情别绪，表现为**思乡和怀人**，也会从思妇的角度，抒发她们的**闺思和愁怨**；人生的失意和无常之感则包括了**焦灼和失意**，还有**无奈**。C 项中的漂泊和蹉跎在汉乐府民歌中有所表现，例如《艳歌行》和《悲歌》是漂泊异乡者的悲吟，而《长歌行》中的"少壮不努力，老大徒伤悲"则指出了生命和时光的可贵。

2. (2014年4月全国)《古诗十九首》所表现的主要艺术特征有(　　)。

  A. 浅近自然　　　　　B. 情景交融　　　　　C. 意味隽永

  D. 善用比兴　　　　　E. 意蕴多义

【答案与解析】　ABCDE。《古诗十九首》的艺术表现特征：

(1) 意蕴多义：言有尽而意无穷的表现风格；

(2) 浅近自然，不假雕饰而富于表现力；

(3) 情思与景物、情境的融合。其中，比兴手法的运用是实现情景融合的手法之一。

■ **牛刀小试**

【单选题】

《文选》收录了很多五言古诗，包括7首"苏李诗"。这7首诗的作者是(　　)。

A. 苏武和李白　　　　　　　　　B. 苏轼和李陵

C. 苏武和李陵　　　　　　　　　D. 汉末人，具体作者亡失

【答案与解析】　D。"苏李诗"是《文选》收录的7首无主名的五言古诗，被归于李陵(3首)、苏武(4首)名下，但其实并不是李陵、苏武的作品，应当是汉末人所作。

第三节　两汉乐府民歌

知识点1：汉乐府概况

■ **知识点描述**

乐府：上古掌管音乐的行政机关。

东汉末年蔡邕给汉乐府的分类：

> 大予乐；

> 周颂雅乐；

> 黄门鼓吹；

> 短箫铙歌。

汉乐府的精华是民歌，它们大多保存在相和歌辞里。

■ **牛刀小试**

【单选题】

将汉乐府分为大予乐、周颂雅乐、黄门鼓吹和短箫铙歌四类的是(　　)。

A. 应亨　　　　B. 蔡邕　　　　C. 夏侯宽　　　　D. 郭茂倩

【答案与解析】　B。此题考查两汉乐府民歌的相关知识。据现存史料，较早给汉乐府分类的是东汉末年的蔡邕，它分为四类：大予乐、周颂雅乐、黄门鼓吹和短箫铙歌。其后，多有学者为乐府歌诗分类，而以南宋郭茂倩《乐府诗集》最受推重。

知识点2：汉乐府民歌的题材和艺术表现手法 ☆☆

知识点描述

汉乐府民歌继承和发展了《诗经》。

（1）创作精神方面

与《诗经》的周民歌一脉相承，情感真挚浓郁，风格平实朴直。

（2）题材方面

汉乐府民歌抒写民众切身的、感受深刻的生活内容，情深意真，这是对《诗经》民歌创作精神的继承。

> 讥刺达官显贵的诗：
>> * 如《鸡鸣》《相逢行》《长安有狭斜行》等；
>> * 《鸡鸣》讽刺了贵戚的狂傲和他们兄弟亲情的冷漠。

> 反映人民厌倦战争的诗：
>> * 《古歌》写戍边将士的思乡之情；
>> * 《战城南》悼念阵亡将士；
>> * 《十五从军征》写一个老兵归乡后孤苦伶仃，无依无靠，晚景凄凉。

> 爱情、婚姻的歌唱：
>> * 如《江南》《有所思》《上邪》等；
>> * 《艳歌何尝行》采用比兴手法，表现了夫妇生死相依的真挚情感；
>> * 与《诗经》一样，汉乐府的婚恋诗也反映了相关的社会问题，如《陌上桑》写采桑女巧妙拒绝太守调戏；《上山采蘼芜》记述了被休弃的妻子与故夫的对话。

> 倾诉生活艰难困顿和漂泊动荡的诗：
>> * 此类属于《诗经》周民歌中鲜见的题材；
>> * 如《东门行》《妇病行》《孤儿行》等，极写生存的艰难；
>> * 《艳歌行》和《悲歌》是漂泊异乡者的悲吟。

> 表达人生哲理的作品：
>> * 《长歌行》中"百川东到海，何时复西归。少壮不努力，老大徒伤悲！"指出了生命和光阴的可贵，鼓励人们要珍惜；
>> * 《薤露行》和《蒿里行》抒发了对生命终结的悲哀。

汉乐府民歌在诉说生存的艰难困顿以及披露战争的残酷等方面，较之周代民歌，似乎更加悲凉厚重。

（3）艺术表现手法方面

> 与周民歌相比，汉乐府民歌叙事成分增多，许多民歌都有情节，有的还描写了人物的

形象,如《孤儿行》和《陌上桑》。

➤ 汉乐府民歌抒情真挚浓郁,有直抒胸臆的作品,如《有所思》《东门行》《孤儿行》等;同时也善于以比兴、叙描的手法抒情。

➤ 形式和语言方面的特点:

- 汉乐府民歌在句式上突破了《诗经》以四言为主的格局,变为以杂言和五言为主;
- 与《诗经》相比,汉乐府民歌在诗歌结构上有所发展,不再有重章;
- 汉乐府民歌的语言质朴浅白,往往使用对话和口语。

常考重点

汉乐府不同题材民歌代表作品的内容梗概;汉乐府民歌艺术表现手法方面的特色。

本知识点是围绕汉乐府民歌对《诗经》的继承和发展而展开的,结构较为复杂。而实际考查中通常只选取其中的一个方面,或是题材,或是艺术表现手法,综合论述很少见。

真题演练

【单选题】

1.(2013年7月全国)汉乐府《艳歌何尝行》所表现的是(　　)。

　　A. 兄弟冷漠相忘　　　　　　　　B. 夫妇生死相依

　　C. 女子地位卑下　　　　　　　　D. 战争惨无人道

【答案与解析】　B。《艳歌何尝行》采用比兴手法,把夫妇生死相依的真挚情感表现得异常深刻。

2.(2014年4月全国)"少壮不努力,老大徒伤悲"的出处是(　　)。

　　A. 汉乐府《古歌》　　　　　　　　B. 汉乐府《长歌行》

　　C. 汉乐府《江南》　　　　　　　　D. 汉乐府《相逢行》

【答案与解析】　B。"少壮不努力,老大徒伤悲"的出处是汉乐府《长歌行》。其为汉乐府民歌中表达人生哲理的作品。

【简答题】

(2011年4月全国)简述汉乐府民歌的艺术特色。

【答案与解析】

(1)叙事成分相对增多,有情节,有人物形象;

(2)抒情真挚浓郁,有直抒胸臆的作品,同时也善于以比兴、叙描的手法抒情;

(3)句式以杂言和五言为主,不再有重章,语言质朴浅白,往往使用对话和口语。

牛刀小试

【单选题】

汉乐府民歌《孤儿行》在题材和艺术表现手法方面的特色不包括(　　)。

A. 倾诉了孤儿生活的艰难困顿

B. 表达了生命不能复归的人生哲理

C. 在叙述和抒情中插入情节

D. 着意于人物的描写

【答案与解析】　B。在题材方面,《孤儿行》属于倾诉生活困顿的诗,而不属于表达人生哲理的诗。在表现手法方面,与周民歌相比,汉乐府民歌叙事成分增多,许多民歌都有情节,有的还描写了人物的形象,如《孤儿行》和《陌上桑》;汉乐府民歌抒情真挚浓郁,有直抒胸臆的作品,如《有所思》《东门行》《孤儿行》等。

第三编　魏晋南北朝文学

第九章　建安诗歌

本 章 提 要

　　本章重点为曹操、曹植、曹丕和蔡琰的诗歌,需重点掌握他们的代表作品和文学成就。此外,建安风骨和建安七子也需要了解。

知 识 框 架

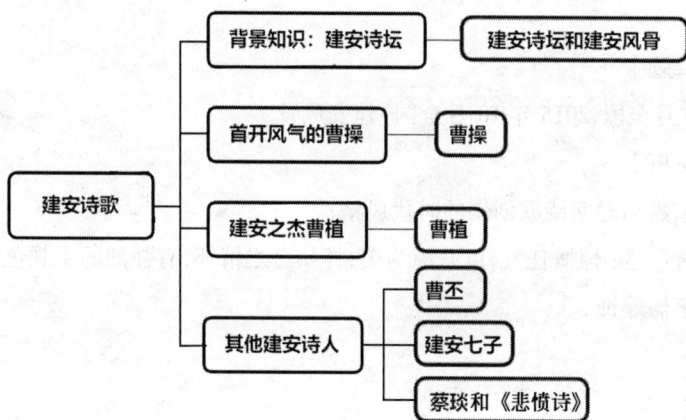

背景知识：建安诗坛

知识点：建安诗坛和建安风骨 ☆

■ 知识点描述

建安诗坛，上起汉献帝建安元年（196），下迄魏明帝太和六年，即汉末魏初时期的诗歌。这一时期是中国诗歌史上的**第一次文人诗歌创作高潮**，形成了"**建安风骨**"的时代风格。

建安风骨的风格：**慷慨任气，以悲凉为美**；抒一己之情怀，有强烈的主观色彩；形式上追求辞采华美但又不假雕饰。

■ 常考重点

建安风骨的风格特色。

■ 真题演练

【名词解释题】

（2009年4月全国，2015年10月全国）建安风骨

【答案与解析】

（1）是汉末魏初时期诗歌创作的时代风格；

（2）风格特色是：慷慨任气，以悲凉为美；抒一己之情怀，有强烈的主观色彩；形式上追求辞采华美但又不假雕饰。

■ 牛刀小试

【单选题】

中国诗歌史上第一个文人诗歌创作高潮出现在（　　　）。

A．建安时期　　　　B．正始时期　　　　C．太康年间　　　　D．西汉前期

【答案与解析】　A。中国诗歌史上第一个文人诗歌创作高潮出现在建安时期。建安时期动荡战乱的血与火燃烧着诗人的热情。诗歌，不再是经学的附庸、不再是政治的奴婢，而是诗人充满个性和情感的心声。

第一节　首开风气的曹操

知识点：曹操 ☆

■ 知识点描述

曹操诗歌的艺术风格："古直悲凉、慷慨沉雄"。

曹操的诗歌创作成就：

➤ 开创了文人"拟乐府"诗歌创作的全盛局面：

  • 曹操今传诗作皆为乐府诗；

  • 借古题以写新事。《薤露行》叙董卓焚烧洛京迁民西入关之事；《蒿里行》写诸侯起兵伐董卓而内讧事，生动地再现了当时民生凋敝的苦难现实，被评为"**汉末实录，真诗史也**"。

➤ 有一种悲凉沉雄的独特艺术风格：

  •《步出夏门行·观沧海》是我国文学史上**第一首纯然描写自然景物的山水诗**。

代表作品

蒿 里 行
曹 操

关东有义士，兴兵讨群凶。初期会盟津，乃心在咸阳。军合力不齐，踌躇而雁行。势利使人争，嗣还自相戕。淮南弟称号，刻玺于北方。铠甲生虮虱，万姓以死亡。白骨露于野，千里无鸡鸣。生民百遗一，念之断人肠。

步出夏门行·观沧海
曹 操

东临碣石，以观沧海。水何澹澹，山岛竦峙。树木丛生，百草丰茂。秋风萧瑟，洪波涌起。日月之行，若出其中；星汉灿烂，若出其里。幸甚至哉，歌以咏志。

常考重点

曹操的艺术风格；曹操的诗歌创作成就，尤其是开创性的部分。

真题演练

【单选题】

1. （2019 年 10 月全国）曹操今传诗作皆为（　　）。

　　A. 四言诗　　　　B. 五言诗　　　　C. 乐府诗　　　　D. 山水诗

【答案与解析】 C。曹操今传诗作皆为乐府诗，而且是"以乐府题叙汉末事"，他多用乐府旧题，叙汉末实事，也有少数自拟新题之作，如《对酒》等。

2. （2012 年 4 月全国）我国文学史上第一首纯然描写自然景物的山水诗是（　　）。

　　A.《蒿里行》　　　　　　　　　B.《燕歌行》

　　C.《野田黄雀行》　　　　　　　D.《步出夏门行》

【答案与解析】 D。《步出夏门行》是我国文学史上第一首纯然描写自然景物的山水诗。此诗作于建安十二年（207）北征乌桓时，是时袁绍已破，冀州已平，乌桓又定，诗人此时的心境乐观坚定、宽广雄阔。

3. (2015年10月全国)"白骨露于野,千里无鸡鸣"的作者是(　　　　)。

    A. 曹操　　　　　　B. 刘琨　　　　　　C. 刘桢　　　　　　D. 左思

【答案与解析】　A。"白骨露于野,千里无鸡鸣"出自曹操的《蒿里行》。

牛刀小试

【单选题】

1. "树木丛生,百草丰茂。秋风萧瑟,洪波涌起"出自曹操的(　　　　)。

    A.《短歌行》　　　　　　　　　　　B.《步出夏门行·观沧海》

    C.《薤露行》　　　　　　　　　　　D.《蒿里行》

【答案与解析】　B。"树木丛生,百草丰茂。秋风萧瑟,洪波涌起"出自曹操的《步出夏门行·观沧海》,《步出夏门行·观沧海》是我国文学史上第一首纯然描写自然景物的山水诗。

2. 曹操诗歌的艺术风格是(　　　　)。

    A. 意蕴深沉、清逸玄远　　　　　　　B. 情兼雅怨、体被文质

    C. 古直悲凉、慷慨沉雄　　　　　　　D. 华丽绮焕、浑厚雄健

【答案与解析】　C。曹操的诗有一种古直悲凉、慷慨沉雄的艺术风格。曹操的诗特别能表现出他的个性,有政治领袖人物的宏大气魄,本色质朴但抒情浓郁,表现了他高远的志向、坚定的信心、卓越的毅力和雄伟的气势,悲歌慷慨,气韵沉雄。

第二节　建安之杰曹植

知识点：曹植 ☆

知识点描述

曹植诗歌的**思想内容**：

以**曹操死**为界,曹植的诗歌创作明显地分为前后两期：

➤　前期多抒发其远大理想和宏伟抱负,如《白马篇》；

➤　后期则多是表现自己壮志难酬、备受压抑的郁愤心情,典型代表作是《赠白马王彪》。

曹植诗歌的**艺术成就**：

曹植是建安诗坛**最杰出**的诗人,他的**五言诗**创作在文学史上有很高的地位和成就。

常考重点

曹植诗歌的思想内容。

真题演练

【单选题】

1. (2014年4月全国)曹植诗歌创作的前后期分界是（　　）。

　A. 魏明帝即位　　　　B. 首次被贬爵　　　　C. 曹操之死　　　　D. 曹彰被害

【答案与解析】　C。以建安二十五年(220)曹操死为界,曹植的诗歌创作明显地分为前后两期。前期多抒发其远大理想和宏伟抱负,后期则多表现自己壮志难酬、备受压抑的郁愤心情。

2. (2015年10月全国)曹植前期抒发其远大理想和宏伟抱负的代表性作品是（　　）。

　A.《美女篇》　　　　B.《白马篇》　　　　C.《赠白马王彪》　　　　D.《弃妇诗》

【答案与解析】　B。曹植前期诗歌多抒发其远大理想和宏伟抱负,如《白马篇》。其诗表现了他对壮烈事业和战斗生活的憧憬。

牛刀小试

【单选题】

曹植前期代表作品《白马篇》的主要内容是（　　）。

A. 抒发对王室尔虞我诈的厌恶之情　　　　B. 抒发远大理想和宏伟抱负

C. 抒发思乡怀远之情　　　　D. 抒发遗世归隐的超脱思想

【答案与解析】　B。曹植前期诗歌多抒发其远大理想和宏伟抱负,如《白马篇》。后期的作品则多是表现自己壮志难酬、备受压抑的郁愤心情,典型代表作是《赠白马王彪》。

第三节　其他建安诗人

知识点1：曹丕☆

知识点描述

曹丕对七言诗的发展有重大贡献:从曹丕开始**形成纯粹的七言诗**。

曹丕诗歌的艺术特点:曹丕诗歌语言绮丽工练,抒情深婉细腻,形成一种便娟婉约的纤丽清新风格,尤善写游子思妇的思乡怀远之情。他的一些述怀之作,写得清峻悲凉,如《善哉行》。

代表作品

燕歌行(其一)

曹　丕

秋风萧瑟天气凉,草木摇落露为霜,群燕辞归雁南翔。

念君客游思断肠,慊慊思归恋故乡,君何淹留寄他方?

贱妾茕茕守空房,忧来思君不敢忘,不觉泪下沾衣裳。

援琴鸣弦发清商,短歌微吟不能长。

明月皎皎照我床,星汉西流夜未央。

牵牛织女遥相望,尔独何辜限河梁!

《燕歌行》全诗清词丽句,情思婉转,缠绵动人,既吸收了乐府民歌清新真挚的特点,又加之以个人艺术化的藻饰,准确成功地表现了一个思妇在漫漫长夜中牵念夫君的无限情意。

■ 常考重点

曹丕对七言诗发展的贡献及其诗歌的艺术特点。

■ 真题演练

【单选题】

1.(2019年10月全国)曹丕述怀之作的风格是(　　)。

　　A. 清峻悲凉　　　　B. 雄健豪放　　　　C. 语言华美　　　　D. 气度恢弘

【答案与解析】　A。曹丕的述怀之作写得清峻悲凉,追求悲凉之美是建安诗人的共同倾向,在曹丕的这类诗中也明显体现出来。

2.(2012年7月全国)建安时期,对我国七言诗发展有重大贡献的作家是(　　)。

　　A. 曹植　　　　　　B. 曹丕　　　　　　C. 王粲　　　　　　D. 刘桢

【答案与解析】　B。曹丕对七言诗的发展有重大的贡献。从曹丕开始形成纯粹的七言诗,他的《燕歌行》二首,不仅为乐府产生一种新体制,且为中国诗学开辟一个新纪元,为唐代歌行体的兴盛打下了基础。

■ 牛刀小试

【单选题】

曹丕诗歌的代表作之一是(　　)。

　　A.《蒿里行》　　　　B.《薤露行》　　　　C.《燕歌行》　　　　D.《短歌行》

【答案与解析】　C。《燕歌行》是曹丕七言诗的代表。全诗清词丽句,情思婉转,缠绵动人,既吸收了乐府民歌清新真挚的特点,又加之以个人艺术化的藻饰,准确成功地表现了一个思妇在漫漫长夜中牵念夫君的无限情意。其他选项皆为曹操所写的诗歌。

知识点2:建安七子 ☆

■ 知识点描述

建安七子,是建安时期七位文学家的合称,包括:**孔融**、**陈琳**、**王粲**、**徐干**、**阮瑀**、**应玚**、**刘桢**。

建安七子的**文学成就**:

➤ **孔融**的成就主要在于**散文**;

➤ 诗歌成就最高者为**王粲**、**刘桢**,王粲的**赋**也写得很好;

➤ **徐干**诗文兼善;

➤ **陈琳**、**阮瑀**在**章表书记**方面的成就比其诗歌创作要高;

> **应场**现存诗作只有数首,难以对其成就作出确切的判断。

常考重点

建安七子的不同文学成就。

真题演练

【单选题】

(2018 年 4 月全国)建安七子中,孔融的文学成就主要在于( )。

A. 诗歌   B. 辞赋   C. 散文   D. 章表

【答案与解析】 C。孔融的主要成就在于散文。诗歌成就最高者为王粲、刘桢,王粲的赋也写得很好。陈琳、阮瑀在章表书记方面的成就比其诗歌创作要高。

牛刀小试

【单选题】

下列诗人中不属于建安七子的有( )。

A. 陈琳   B. 孔融   C. 阮瑀   D. 蔡琰

【答案与解析】 D。建安七子,是建安时期七位文学家的合称,包括:孔融、陈琳、王粲、徐干、阮瑀、应场、刘桢。蔡琰为建安时期的女诗人,不在建安七子之列。

知识点 3:蔡琰和《悲愤诗》☆

知识点描述

蔡琰,字文姬,建安时期女诗人,有五言、骚体《悲愤诗》各一首,其中**五言《悲愤诗》**在艺术上获得了极大成功。

五言《悲愤诗》的**艺术特点**:

> 它是一位女诗人在亲身经历的基础上创作的长篇叙事诗,其感情描写、心理活动的刻画真实、细腻、复杂、微妙,在诗歌史上实属罕见。

> 能够注意细节的描绘、气氛的渲染,对烘托主题起到了良好的作用。

> 全诗叙事与抒情融为一体,字字血泪,真实生动,深切地反映了汉末动乱年代给人们带来的深重苦难,有史诗般的效果。

常考重点

五言《悲愤诗》的艺术特点。

真题演练

【简答题】

(2012 年 7 月全国)简述蔡琰五言《悲愤诗》的艺术特点。

【答案与解析】

(1) 它是一位女诗人在亲身经历的基础上创作的长篇叙事诗,其感情描写、心理活动的刻画真实、细腻、复杂、微妙,在诗歌史上实属罕见。

（2）能够注意细节的描绘、气氛的渲染,对烘托主题起到了良好的作用。

（3）全诗叙事与抒情融为一体,字字血泪,真实生动,深切地反映了汉末动乱年代给人们带来的深重苦难,有史诗般的效果。

牛刀小试

【单选题】

下列作品中,属于女诗人蔡琰创作的是(　　　)。

A.《观沧海》　　　B.《燕歌行》　　　C. 五言《悲愤诗》　　　D.《白马篇》

【答案与解析】　C。蔡琰的五言《悲愤诗》在艺术上获得了极大成功。首先,这是一位女诗人在亲身经历的基础上创作的长篇叙事诗,其感情描写、心理活动的刻画真实、细腻、复杂、微妙,在诗歌史上实属罕见;其次,能够注意细节的描绘、气氛的渲染,对烘托主题起到了良好的作用;另外,全诗叙事与抒情融为一体,字字血泪,真实生动,深切地反映了汉末动乱年代给人们带来的深重苦难,有史诗般的效果。《观沧海》为曹操所写;《燕歌行》为曹丕所写;《白马篇》为曹植所写。

第十章 正始诗歌

本章提要

本章内容较少,重点为阮籍、嵇康的诗歌。需重点掌握他们的作品特色和文学成就。

知识框架

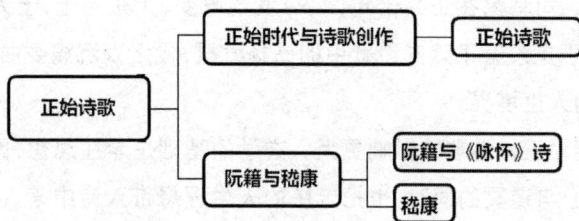

第一节　正始时代与诗歌创作

知识点：正始诗歌

知识点描述

➤ 时间：自魏明帝青龙元年（233）至魏元帝咸熙元年（264）。

➤ 正始诗歌创作的**影响因素**：①政治时局；②玄学思潮。

➤ 代表诗人：**阮籍和嵇康**。

名师解读

关于正始诗歌创作的影响因素：

➤ 政治方面，司马懿在正始十年（249）发动政变，大杀名士，士人建功立业的理想破灭了，于是没有了建安诗歌中的昂扬气概，代之以沉痛委曲的风格，转而追求理想中的人生境界。

➤ **玄学思潮**对正始诗歌的影响更大。玄学的基础是老庄思想，因而正始诗人在追求自然、心与道冥的同时，也把老庄的人生理想带入诗中来。此外，玄风也使得正始时代的文学创作具有**哲理化倾向**。

真题演练

【单选题】

1.（2013 年 4 月全国）正始诗歌的时间界限为（　　）。

　A. 汉献帝建安元年（196）至魏明帝太和六年（233）

　B. 魏明帝青龙元年（233）至魏元帝咸熙元年（264）

　C. 晋武帝泰始元年（265）至晋武帝太康元年（280）

　D. 刘宋泰始二年（466）至梁武帝天监十二年（513）

【答案与解析】　B。随着建安诗人曹植于魏明帝太和六年（232）去世，建安诗歌的时代宣告结束。正始诗歌即是指自魏明帝青龙元年（233）至魏元帝咸熙元年（264）这段时期的诗歌。

2.（2014 年 4 月全国）在诗歌创作上常常表现出老庄人生理想倾向的是（　　）。

　A. 建安七子　　　B. 正始士人　　　C. 太康诗人　　　D. 竟陵八友

【答案与解析】　B。玄学思潮对正始诗歌的影响更大，而玄学的基础是老庄思想。正始诗人，往往都是崇尚老庄的士人。他们大倡玄风，建立玄学理论，开始了一个思想史上的新时代。

■ **牛刀小试**

【单选题】

正始诗歌的代表作家是(　　)。

A. 曹植与曹操　　　B. 嵇康与阮籍　　　C. 陆机与潘岳　　　D. 左思与刘琨

【答案与解析】　B。正始诗歌的代表作家是嵇康与阮籍。嵇康的文学成就主要在散文领域,阮籍诗歌的成就主要在于82首五言《咏怀》诗。

第二节　阮籍与嵇康

知识点1:阮籍与《咏怀》诗 ☆ ☆

■ **知识点描述**

阮籍(210—263),字嗣宗,陈留尉氏(今河南尉氏)人。

阮籍诗歌的成就主要在于 **82 首五言《咏怀》诗**。

《咏怀》诗的艺术成就:

➢ 有一种**意蕴深沉**之美;

➢ 有一种**清逸玄远**之美,称之为"玄远"。

《咏怀》诗熔哲理、情思与意象为一炉,意蕴深沉,清逸玄远,不但成为正始时代诗歌的高峰,而且**创造了抒情组诗的新形式**,开后代左思《咏史》组诗、陶渊明《饮酒》组诗的先河,被后人给予"忧时悯乱,兴寄无端,而骏放之致,沉挚之词,诚足以睥睨八荒,牢笼万有"的极高评价。

■ **常考重点**

《咏怀》诗的艺术成就。

■ **真题演练**

【单选题】

(2019 年 10 月全国)阮籍《咏怀》诗的篇数是(　　)。

A. 18 首　　　　　　B. 102 首　　　　　　C. 54 首　　　　　　D. 82 首

【答案与解析】　D。阮籍诗歌的成就主要在于82首五言《咏怀》诗。它们非一时一地之作,既有统一的文学特征,又各具特点。

【多选题】

(2011 年 4 月全国)下列说法中属于评述阮籍《咏怀》诗的有(　　)。

A. 创造了抒情组诗的新形式

B. 过于峻切,许直露才

C. 忧时悯乱,兴寄无端

D. 既有一种意蕴深沉之美,还有一种清逸玄远之美

E. 开后代左思《咏史》组诗、陶渊明《饮酒》组诗的先河

【答案与解析】 ACDE。阮籍《咏怀》诗,熔哲理、情思与意象为一炉,意蕴深沉,清逸玄远,不但成为正始时代诗歌的高峰,而且创造了抒情组诗的新形式,开后代左思《咏史》组诗、陶渊明《饮酒》组诗的先河,被后人给予“忧时悯乱,兴寄无端”的极高评价。B 项为钟嵘《诗品》中对嵇康诗歌的评价。

■ **牛刀小试**

【简答题】

简述阮籍《咏怀》诗的艺术成就。

【答案与解析】

（1）有一种意蕴深沉之美。

（2）有一种清逸玄远之美,称之为“玄远”。

（3）《咏怀》诗熔哲理、情思与意象为一炉,意蕴深沉,清逸玄远,不但成为正始时代诗歌的高峰,而且创造了抒情组诗的新形式,开后代左思《咏史》组诗、陶渊明《饮酒》组诗的先河,被后人给予“忧时悯乱,兴寄无端”的极高评价。

知识点 2：嵇康 ☆ ☆

■ **知识点描述**

嵇康（223—263）,字叔夜,谯国铚（今安徽宿州市）人,主要成就在散文。

嵇康诗歌的艺术特色：

➢ 创造了一个诗化了的人生理想境界。

➢ 部分诗歌中还有一种**峻切之语**：

● 钟嵘《诗品》说他“**过为峻切,讦直露才**”。

➢ 脱开《诗经》,在**四言诗**中另辟蹊径：

● 嵇康的四言诗,脱离了《诗经》的古朴写实之风,情调高远,语言流畅,**继曹操之后为四言顶峰**。

■ **常考重点**

嵇康诗歌的艺术特色。

■ **真题演练**

【单选题】

1.（2013 年 4 月全国）被钟嵘《诗品》批评为“过为峻切,讦直露才”的作家是( )。

　　A. 阮籍　　　　　B. 何晏　　　　　C. 应璩　　　　　D. 嵇康

　　【答案与解析】　D。嵇康的部分诗歌中还有一种峻切之语,在一部分诗中对险恶的世道人心发出愤激的批判,锋芒犀利。这种充满愤激感情的语言,有很激切的批判力量,所以钟嵘《诗品》说他"过为峻切,讦直露才"。

　　2. (2018 年 4 月全国)正始时期,四言诗创作最有成就的诗人是(　　)。

　　A. 阮籍　　　　　B. 嵇康　　　　　C. 何宴　　　　　D. 应璩

　　【答案与解析】　B。正始诗歌的代表作家是嵇康和阮籍。其中,嵇康脱开《诗经》,在四言诗中另辟蹊径。嵇康的四言诗,脱离了《诗经》的古朴写实之风,情调高远,语言流畅,继曹操之后为四言顶峰。

　　【简答题】

　　(2011 年 4 月全国)简述嵇康诗歌的特色。

　　【答案与解析】

　　(1) 创造了一个诗化了的人生理想境界。

　　(2) 部分诗歌中还有一种峻切之语,钟嵘《诗品》说他"过为峻切,讦直露才"。

　　(3) 脱开《诗经》,在四言诗中另辟蹊径。嵇康的四言诗,脱离了《诗经》的古朴写实之风,情调高远,语言流畅,继曹操之后为四言顶峰。

　　■ 牛刀小试

　　【单选题】

　　继曹操之后,其创作达到四言诗顶峰的诗人是(　　)。

　　A. 阮籍　　　　　B. 嵇康　　　　　C. 应璩　　　　　D. 孙绰

　　【答案与解析】　B。继曹操之后,其创作达到四言诗顶峰的诗人是嵇康。其诗情调高远,语言流畅,表现了作者很强的语言功力。

第十一章 两晋诗歌

本 章 提 要

　　本章内容为两晋诗歌。西晋诗坛的主流是太康诗风,同时也存在少数刚健诗人如左思和刘琨。两晋之交有郭璞的游仙诗,东晋则是玄言诗的天下。其中较为重要的是太康诗风和玄言诗。

知 识 框 架

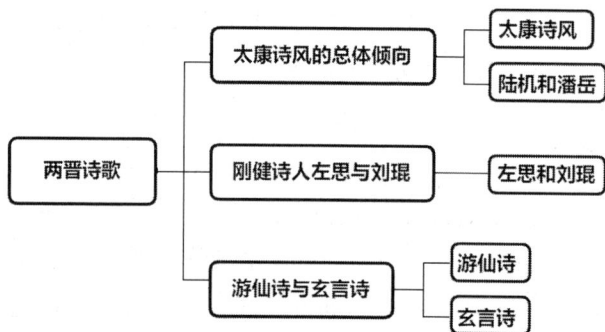

第一节　太康诗风的总体倾向

知识点 1：太康诗风 ☆

知识点描述

晋武帝司马炎于公元 265 年代魏称帝,280 年平吴,统一中国,改元**太康**。

太康诗风的特点:

➢ 内容方面:

- "儿女情多,风云气少";

- 拟古模仿,缺乏现实内容。

➢ 艺术形式方面,"缛旨星稠,繁文绮合":

- 追求文字华美与辞藻华丽;

- 追求新的技巧,注意俳偶,以陆机为代表;

- 描写更加细腻。

常考重点

太康诗风在内容和艺术形式两方面的特点。

真题演练

【单选题】

1. (2019 年 10 月全国)钟嵘《诗品》所谓"儿女情多,风云气少"评价的是(　　)

    A. 建安诗歌   B. 太康诗歌

    C. 正始诗歌   D. 无嘉诗歌

【答案与解析】　B。太康诗歌没有胸怀天下的巨大抱负,没有面对历史的深沉思索,转而在儿女之情中表现绮丽情思,被钟嵘《诗品》评为"女儿情多,风云气少"。

2. (2011 年 7 月全国)太康诗风在艺术形式上的特点是(　　)。

    A. 骨气奇高,词彩华茂   B. 情兼雅怨,体被文质

    C. 虽存巧绮,终致迂回   D. 缛旨星稠,繁文绮合

【答案与解析】　D。太康诗风在艺术形式上的特点是"缛旨星稠,繁文绮合"。具体地说,一是追求文字华美与辞藻华丽,二是追求新的技巧,注意俳偶,三是描写更加细腻。

知识点 2：陆机和潘岳 ☆

知识点描述

陆机

➤ 陆机是太康诗人中存诗最多的，今存 107 首，陆机的诗歌语言的**华丽徘偶**是最明显的。

➤ 陆机的赋胜于诗，其《**文赋**》是中国文学理论史上的名篇。

➤ 陆机常常变古诗之古朴为华美，他在《文赋》中就认为作诗应追求"**炳若缛绣，凄若繁弦**"的艺术效果。

潘岳

➤ 潘岳的**悼亡诗赋**写得最好，其《悼亡诗》三首获得了极高评价，以致"悼亡"一词，从此专为"悼妻"之用。

➤ 潘岳的诗歌在追求辞藻绮丽方面与陆机相同，被誉为"**烂若舒锦**"。

常考重点

陆机与潘岳诗作的文学特色。

真题演练

【单选题】

1.（2009 年 4 月全国）陆机著名的文学理论著作是（   ）。

　　A.《文赋》　　　　B.《诗品》　　　　C.《典论·论文》　　　D.《文心雕龙》

【答案与解析】　A。陆机的赋胜于诗。陆机的《文赋》是中国文学理论史上的名篇。

2.（2014 年 4 月全国）"悼亡"一词专为"悼妻"之用，始自（   ）。

　　A. 陆机　　　　　B. 潘岳　　　　　C. 左思　　　　　D. 刘琨

【答案与解析】　B。潘岳的悼亡诗赋写得最好。他虽然不是一个情操高尚的人，却是一个极重感情的人。潘岳的《悼亡诗》三首也因此获得极高评价，以致"悼亡"一词，从此专为"悼妻"之用。

牛刀小试

【单选题】

太康诗人中悼亡诗赋写得最好的作家是（   ）。

　　A. 左思　　　　　B. 陆机　　　　　C. 潘岳　　　　　D. 刘琨

【答案与解析】　C。潘岳的悼亡诗赋写得最好。他虽然不是一个情操高尚的人，却是一个极重感情的人。潘岳的《悼亡诗》三首也因此获得极高评价，以致"悼亡"一词，从此专为"悼妻"之用。

第二节　刚健诗人左思与刘琨

知识点：左思和刘琨 ☆

知识点描述

左思：

> 构思十年，成《三都赋》，一时洛阳纸贵；

> 诗歌类代表作品是《咏史》八首；

> 左思诗歌继承了建安诗歌的风骨，被誉为"**文典以怨**""**左思风力**"，就是指他的诗引用历史典故以抒时愤，**刚健**有力。

刘琨：

> 今存诗 4 首，其中《扶风歌》与《重赠卢谌》最为优秀；

> 继承了建安风骨，史称他"**少负壮志，有纵横之才，善交胜己，而颇浮夸**"。

名师解读

> 西晋诗坛的主潮是太康诗风，但也有少数诗人舍弃追求华美与技巧，诗风**刚健**，注重内心真实情感的抒发。左思和刘琨就是其中的代表。

常考重点

左思和刘琨诗风刚健的特点。

真题演练

【单选题】

（2018 年 4 月全国）左思、刘琨的诗风是（　　）。

A. 绮丽　　　　　B. 平淡　　　　　C. 典雅　　　　　D. 刚健

【答案与解析】　D。西晋诗坛的主潮是太康诗风，但也有少数诗人舍弃追求华美与技巧，注重内心真实感情的抒发，形成一种不事雕饰，慷慨悲歌的刚健诗风，是建安诗歌精神的继承与发展。其代表诗人即左思与刘琨。

牛刀小试

【单选题】

西晋都城洛阳之纸，因大家争相传抄某文学家的作品而供不应求，从而出现了洛阳纸贵的典故。这位文学家及相应的作品为（　　）。

A. 陆机《文赋》　　　　　　　　B. 左思《三都赋》

C. 左思《咏史》　　　　　　　　D. 刘琨《扶风歌》

【答案与解析】 B。左思构思十年,成《三都赋》,一时洛阳纸贵。

第三节 游仙诗与玄言诗

知识点1：游仙诗 ☆

知识点描述

➤ 游仙诗可以溯源到先秦以"游仙"为诗名则始于**曹植**《游仙诗》。

➤ 游仙诗的两种内容倾向：

- 纯写求仙长生之意；
- 愤世嫉俗之言。

➤ 两晋游仙诗的代表作者是**郭璞**,他的游仙诗兼具上述两种内容,被称为"始变永嘉平淡之体,故称中兴第一"。

常考重点

游仙诗溯源；游仙诗的代表作者。

真题演练

【单选题】

(2015年4月全国)下列诗人中擅写游仙诗的是(   )。

A. 徐干　　　　　B. 温子升　　　　　C. 郭璞　　　　　D. 阮籍

【答案与解析】 C。郭璞,知识渊博,精通文字训诂,诗、赋兼善。他今存诗20余首,而以10首《游仙诗》最为著名。

牛刀小试

【单选题】

将"游仙"作为诗名,始于(   )。

A. 曹操　　　　　B. 曹植　　　　　C. 郭璞　　　　　D. 孙绰

【答案与解析】 B。游仙诗的渊源可以上溯到先秦,《远游》中更有直接的语言表述。而以"游仙"为诗名,则始于曹植《游仙诗》。

知识点2：玄言诗 ☆ ☆

知识点描述

➤ **发展**：发端自魏正始时代,东晋中期是其成熟和高潮期,东晋末式微。

➤ **特点**：**理过其辞,淡乎寡味**。具体而言：

① 内容方面,以谈论老庄玄理为主,少数兼及佛理的表述。

② 表达方面,抽象玄虚,淡乎寡味。

➤ **代表作家**:孙绰、许询。

■ **名师解读**

孙绰玄言诗的代表作品是《答许询》。此外孙绰还有另一类作品,由面对山水而领悟玄理,诗中不仅清言玄胜,还描绘了山水风景,如《秋日诗》。这种创作倾向也集中表现在了兰亭雅集的诗歌中,兰亭诗人尽多玄言诗人,但他们的诗作多由写景而抒发自己对人生宇宙的感受。关于面对山水领悟玄理的作品和兰亭诗人,只需要了解即可。

■ **常考重点**

解释玄言诗的概念及相关知识。

■ **真题演练**

【名词解释题】

(2010 年 7 月全国;2015 年 4 月全国)玄言诗

【答案与解析】

(1)**发展**:发端自魏正始时代,东晋中期是其成熟和高潮期,东晋末式微。

(2)**特点**:①内容方面,以谈论老庄玄理为主,少数兼及佛理的表述;②表达方面,抽象玄虚,淡乎寡味。

(3)**代表作家**:孙绰、许询。

■ **牛刀小试**

【单选题】

东晋玄言诗的特点是(   )。

A. 情伤一时,心存百代
B. 理过其辞,淡乎寡味
C. 质而实绮,癯而实腴
D. 缛旨星稠,繁文绮合

【答案与解析】 B。《诗品》对东晋玄言诗的评价是"理过其辞,淡乎寡味"。东晋玄言诗在内容上是以谈论老庄哲理为主,少数兼及佛理的表述。在表达上则是抽象玄虚,淡乎寡味。

第十二章　田园、隐逸诗人之宗陶渊明

本 章 提 要

　　本章内容为田园诗的开创者陶渊明及其文学成就,知识结构较为简单。重点是陶渊明田园诗的艺术成就,此外还需要了解陶渊明今存的散文和辞赋作品。

知 识 框 架

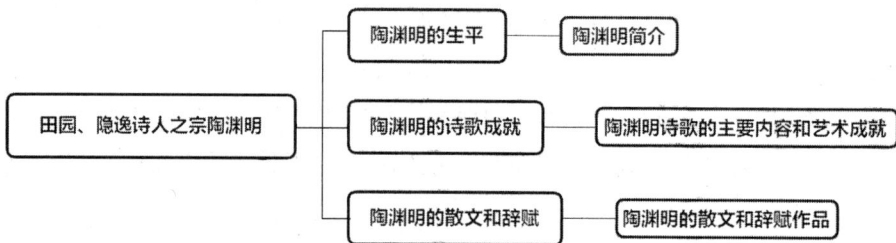

第一节　陶渊明的生平

知识点：陶渊明简介

◼ 知识点描述

➢ **陶渊明**,名潜,字元亮,号五柳先生,私谥靖节。多次为小吏又辞职,最终在**彭泽令**任上辞官归田,退隐不仕。

➢ 陶渊明达到了一种物我一体、心与道冥的**人生境界**。他面对人生苦患的态度受到了老庄无为的玄学人生观、佛家般若思想的影响,更重要的是儒家一片仁心与安于贫穷的道德准则塑造了他安贫乐道的精神。

◼ 常考重点

陶渊明的生平。

◼ 真题演练

【单选题】

(2017 年 10 月全国)陶渊明最后一次出仕的任职是(　　)。

A. 彭泽令 　　　　　　　　　　 B. 江州祭酒

C. 镇军参军 　　　　　　　　　 D. 主簿

【答案与解析】　A。陶渊明多次为小吏又辞职,最终在彭泽令任上辞官归田,退隐不仕。

◼ 牛刀小试

【单选题】

陶渊明面对人生苦患,达到了一种物我一体、心与道冥的人生境界,他受到了很多思想的影响但不包括(　　)。

A. 道家思想 　　　　　　　　　 B. 纵横家思想

C. 佛家思想 　　　　　　　　　 D. 儒家思想

【答案与解析】　B。面对人生的苦患,陶渊明除了以老庄无为的玄学人生观去对待,更重要的,是靠儒家的思想力量,是儒家一片仁心与安于贫穷的道德准则。另外,佛家般若思想也影响了陶渊明。陶渊明摆脱了人间世俗的种种羁绊烦扰,在精神上真正达到了委运任化、与自然泯一的境界,并由此创作出了格高千古的优秀诗篇。

第二节 陶渊明的诗歌成就

知识点：陶渊明诗歌的主要内容和艺术成就 ☆ ☆

知识点描述

陶渊明田园诗的主要内容（或称情思内涵）：

➤ 亲切自然地描绘出田园风光，写出它的恬美意境和朴茂生气；

➤ 真实地描写自己的躬耕生活，对劳动的艰辛表现出平静乐观的心态，躬耕之志始终不渝；

➤ 记叙了与农夫野老、素心挚友的往还。

陶渊明诗歌的**艺术成就**：

➤ 开创了文人诗歌创作的新领域——田园诗；

➤ 创造了情味极浓的**冲淡之美**；

➤ 诗歌创作具有丰富的多样性。

常考重点

陶渊明诗歌的艺术成就。

真题演练

【单选题】

（2017 年 4 月全国）陶渊明田园诗的主要风格特点是（　　）。

A. 冲淡　　　　　B. 华丽　　　　　C. 典雅　　　　　D. 清刚

【答案与解析】　A。陶渊明开创了文人诗歌创作的新领域——田园诗，创造了情味极浓的冲淡之美。

牛刀小试

【单选题】

陶渊明在中国文学史上的一大贡献，就是开创了文人诗歌创作的新领域，即（　　）。

A. 边塞诗　　　　B. 爱情诗　　　　C. 田园诗　　　　D. 闺怨诗

【答案与解析】　C。陶渊明在中国文学史上的一大贡献，就是开创了文人诗歌创作的新领域——田园诗。在陶渊明之前，山水题材已经进入诗歌当中。曹操的《观沧海》，以及西晋的金谷宴集等诗，都有对山水的描写，但它们都是从观赏角度写出的，作者不能真正地生活于其中，与自己的观赏对象融为一体。

第三节　陶渊明的散文和辞赋

知识点：陶渊明的散文和辞赋作品☆

■ **知识点描述**

陶渊明今传散文4篇：《五柳先生传》《桃花源记》《晋故征西大将军长史孟府君传》《与子俨等书》。

渊明今存辞赋3篇：《归去来兮辞》《感士不遇赋》《闲情赋》。

■ **代表作品**

归去来兮辞（节选）

陶渊明

归去来兮，田园将芜胡不归？既自以心为形役，奚惆怅而独悲？悟已往之不谏，知来者之可追。实迷途其未远，觉今是而昨非。

■ **常考重点**

陶渊明的今存散文和辞赋作品。

■ **真题演练**

【单选题】

（2010年4月全国；2015年4月全国）"悟已往之不谏，知来者之可追"出自陶渊明的（　　）。

A.《感士不遇赋》　　　　　　　　　B.《归去来兮辞》

C.《闲情赋》　　　　　　　　　　　D.《咏史述》

【答案与解析】　B。"悟已往之不谏，知来者之可追"出自陶渊明的《归去来兮辞》。此篇作品流溢着诗人摆脱官场返归田园的欣喜之情，行文亦随之流畅轻快。

■ **牛刀小试**

【单选题】

陶渊明今传散文有（　　）。

A.《五柳先生传》　　　　　　　　　B.《闲情赋》

C.《归去来兮辞》　　　　　　　　　D.《感士不遇赋》

【答案与解析】　A。陶渊明今传散文有《五柳先生传》《桃花源记》《晋故征西大将军长史孟府君传》《与子俨等书》。而《归去来兮辞》《感士不遇赋》《闲情赋》是陶渊明的辞赋作品。

第十三章　南北朝诗歌

本 章 提 要

本章内容为南北朝文人诗歌(前4节)和乐府民歌(第5节),以文人诗歌为主。在文人诗歌中,南朝诗歌承魏晋诗歌之风,因时递变,分为元嘉诗歌、永明新体诗歌、宫体诗三个阶段(前3节),而北朝诗歌则承继了汉诗之风。

本章重点为元嘉诗歌、永明体诗歌、宫体诗、北朝庾信诗歌和南北朝乐府民歌,要分别掌握它们的艺术特色和文学成就。

知 识 框 架

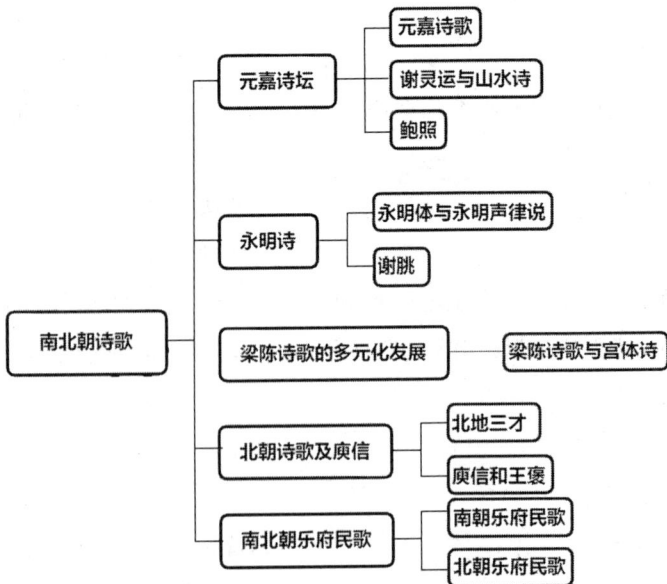

第一节 元嘉诗坛

知识点1：元嘉诗歌 ☆

知识点描述

时间断限：上起晋宋之交的谢灵运，下迄大明、泰始之交的鲍照。

诗风变化：以情思代替玄理，由哲思回到感情上来。

主要诗人：谢灵运、鲍照、颜延之、谢惠连、谢庄等，而**以谢灵运、鲍照成就为最高**。

特点：

➢ 山水题材大量进入诗歌创作；

➢ 诗歌创作由东晋的哲理化改变为重抒情，抒发了强烈的感慨；

➢ 出现了对不同创作个性的追求；

➢ 出现了对诗歌形式的有意探讨，不但有各种体式的诗体创作，而且注意对仗，出现大量对句甚至全诗皆对者。

牛刀小试

【单选题】

谢灵运的诗歌属于（　　　）。

A. 正始诗歌　　　　B. 太康诗歌　　　　C. 元嘉诗歌　　　　D. 建安诗歌

【答案与解析】 C。元嘉诗人主要有谢灵运、鲍照、颜延之、谢惠连、谢庄等，而以谢灵运、鲍照成就为最高。元嘉是刘宋文帝的年号，共30年，但元嘉诗歌却不仅限于此，而是包括上起晋宋之交的谢灵运，下迄大明、泰始之交的鲍照。

知识点2：谢灵运与山水诗 ☆☆

知识点描述

谢灵运追求**出水芙蓉之美**，改变了山水在诗中的地位。

谢灵运山水诗的特点：

➢ 创造了一种山水诗的结构模式：先叙述登游缘起或路线，接着是具体描写局部景物，最后是议论或感慨；

➢ 在局部景物描写中，通过细腻的观察与把握和非常具体的画面，表现出某一景观的情思韵味，朝着景物与情思交融的方向发展；

➢ 对山水景物的声、光、色都有生动的描绘。

■ **名师解读**

为什么说谢灵运改变了山水在诗中的地位：

➤ 先秦的《诗》、骚中就有自然山水，但多作为比兴的材料或是人事的背景，而非诗人的独立审美客体；

➤ 曹操《观沧海》是第一首比较完整的山水诗；

➤ 直到东晋，山水在诗中还是作为道的载体，依附于玄理，并非作为审美的对象；

➤ 谢灵运创作了大批以山水为审美对象的诗歌，**奠定了中国山水诗写实的雏形。**

■ **常考重点**

谢灵运改变了山水在诗中的地位。

■ **真题演练**

【单选题】

（2018 年 4 月全国）最能代表谢灵运诗歌创作成就的是（　　）。

A. 山水诗　　　　　　　　　　B. 咏物诗

C. 乐府诗　　　　　　　　　　D. 新体诗

【答案与解析】　A。谢灵运改变了山水在诗中的地位，奠定了中国山水诗写实的雏形。从此，山水诗正式成为诗歌创作的一个重要领域。

■ **牛刀小试**

【单选题】

谢灵运的诗不落雕琢痕迹而写出景物的韵味情思，追求的是（　　）。

A. 出水芙蓉之美　　　　　　　B. 典丽华赡之美

C. 热烈明畅之美　　　　　　　D. 刚健雄放之美

【答案与解析】　A。谢灵运诗有很多能不落雕琢痕迹，而写出景物的韵味情思，汤惠休说"谢诗如出水芙蓉"。

知识点 3：鲍照 ☆ ☆

■ **知识点描述**

鲍照诗今存约 200 首，主要是乐府和五言古诗，而以其中的 80 多篇**乐府诗**成就最高，《**拟行路难》18 首**则是他乐府中的代表作。

鲍照诗的语言特色：

➤ 注重锤炼字句,辞采瑰丽,有震撼人心的效果,被称为"**雕藻淫艳,倾炫心魂**";

➤ 注意吸收民间口语,使得他的诗歌如自口出而平易流畅;

➤ 注意运用奇特大胆的想象和比喻,使诗句十分警拔。

鲍照对七言诗发展的贡献：

改逐句押韵为隔句押韵,创造性地自由换韵,使诗歌节奏铿锵顿挫,更便于表达奔放恣肆的感情。

常考重点

鲍照诗的语言特色。

真题演练

【单选题】

(2015 年 10 月全国)南朝作家鲍照的文风被评为(　　　　)。

A. 丽藻星铺,雕文锦缛　　　　　　B. 胸次高旷,笔力雄迈

C. 雕藻淫艳,倾炫心魂　　　　　　D. 文多隐蔽,归趣难求

【答案与解析】　C。鲍照诗歌语言非常有特色。他注重锤炼字句,辞采瑰丽,有震撼人心的效果,所以被称为"雕藻淫艳,倾炫心魂"。

【简答题】

(2018 年 4 月全国)简述鲍照诗歌语言特点。

【答案与解析】

(1) 注重锤炼字句,辞采瑰丽,有震撼人心的效果,被称为"雕藻淫艳,倾炫心魂";

(2) 注意吸收民间口语,使得他的诗歌如自口出而平易流畅;

(3) 注意运用奇特大胆的想象和比喻,使诗句十分警拔。

牛刀小试

【单选题】

下列各项中,诗人与其做出重大贡献的领域对应不恰当的是(　　　　)。

A. 郭璞　游仙诗　　　　　　　　　B. 陶渊明　田园诗

C. 鲍照　四言诗　　　　　　　　　D. 谢灵运　山水诗

【答案与解析】　C。鲍照对七言诗的发展做出了巨大贡献。他改逐句押韵为隔句押韵,创造性地自由换韵,使诗歌节奏铿锵顿挫,更便于表达奔放恣肆的感情。

第二节 永 明 诗

知识点 1：永明体与永明声律说 ☆ ☆

■ 知识点描述

永明文学是指上自刘宋泰始二年（466），下至梁武帝天监十二年（513）这一时期的文学活动，而以齐永明年间为中心。

■ 名师解读

> 永明声律说中声病规定得过于烦琐，即便是永明诗人们也不能完全遵守。这里引用《文镜秘府论》对"八病"中前四病的解释来加深对永明声律说的认识。

	《文镜秘府论》的解释
平头	五言诗第一字不得与第六字同声，第二字不得与第七字同声
上尾	五言诗中，第五字不得与第十字同声
蜂腰	五言诗一句中，第二字不得与第五字同声
鹤膝	五言诗第五字不得与第十五字同声

■ 常考重点

永明体、永明声律说。

■ 真题演练

【单选题】

1.（2013 年 4 月全国）"竟陵八友"的主要活动时期是（　　）。

　　A. 元嘉时期　　　　B. 永明时期　　　　C. 建安时期　　　　D. 正始时期

【答案与解析】　B。永明时期，最大的文人聚集之地是竟陵王萧子良的西邸，招文学之士萧衍、沈约、谢朓、王融、萧琛、范云、任昉、陆倕于门下，皆一时文士之俊，号"竟陵八友"。

2.（2015 年 10 月全国）永明声律说"八病"中"平头"是指（　　）。

　　A. 第一字与第六字同声　　　　　　B. 第五字与第十字同声

　　C. 第二字与第五字同声　　　　　　D. 第五字与第十五字同声

【答案与解析】　A。《文镜秘府论》对"四声八病"的解释：平头诗者，五言诗第一字不得与第六字同声，第二字不得与第七字同声。B 项是指"上尾"；C 项是指"蜂腰"；D 项是指"鹤膝"。

牛刀小试

【单选题】

"永明体"又称( )。

A. 骚体诗   B. 新体诗   C. 古体诗   D. 宫体诗

【答案与解析】 B。"永明体"又称新体诗,是五言诗从声律比较自由的古体诗走向格律严整的近体诗之间的过渡阶段,其理论支持是永明声律说。

知识点2:谢朓 ☆

知识点描述

➤ 谢朓,与谢灵运并称"**大小谢**",在齐梁诗坛首屈一指。

➤ 谢朓诗歌的特色:

● **情思明净潇散;意象清新明丽;语言明白流畅;声韵流丽和谐**。

➤ 谢朓诗歌的艺术成就:

● 不但创造了一种明丽清新的诗歌格调,而且革除了以往山水诗中的玄思哲理,达到了**情景交融**的地步。

常考重点

谢朓诗歌的特色和艺术成就。

真题演练

【多选题】

(2012年7月全国)南朝诗人谢朓诗歌的特点有( )。

A. 情思纯净明秀   B. 意象清新明丽

C. 语言流畅明白   D. 韵律和谐

E. 情景交融

【答案与解析】 ABCDE。谢朓有明确的诗歌思想,即追求一种清新明丽之美。他的诗,情思明净潇散,意象清新明丽,语言明白流畅,声韵流丽和谐。他不但创造了一种明丽清新的诗歌格调,而且革除了以往山水诗中的玄思哲理,达到了情景交融的地步。

牛刀小试

【单选题】

谢朓诗歌意象创造的特点是( )。

A. 刚健有力   B. 清新明丽

C. 明净潇散   D. 平淡自然

【答案与解析】 B。谢朓有明确的诗歌思想,即追求一种清新明丽之美。他的诗情思明净潇散,意象清新明丽,语言明白流畅,声韵流丽和谐。

第三节　梁陈诗歌的多元化发展

知识点：梁陈诗歌与宫体诗 ☆☆

知识点描述

梁陈诗歌的三种类型：

➤ **重功利、主质朴**的文学观，以**裴子野**为代表；

➤ **尚自然、主风力**的诗歌思想，主要有齐末梁初的**吴均**、何逊和梁陈两代的**阴铿**等人；

➤ **重娱乐、尚轻艳**的文学观，是此时文学思想的**主潮**，其创作上的代表即**宫体诗**：

- **宫体诗**，是指一种以写闺阁情怀为主要内容的讲求声律、对偶与辞采华美的轻艳丽靡的文风。

- 宫体诗的**发展阶段**：

  ◆ **先导阶段**：天监八年（509）以前，代表作品如谢朓《夜听妓》；

  ◆ **高峰期**：天监八年（509）至中大通三年（531）萧纲成为太子以后，代表作品如徐陵成《玉台新咏》；

  ◆ **尾声期**：以陈后主及其身边文士为主，波及隋及唐初。

- 宫体诗的**创作特点**：

  ◆ 题材处理上的**娱乐性质**。主要是写妇女、男女之情、咏物、游宴登临、游戏。

  ◆ 对**写实技巧**的追求。无物不咏，并从咏物转向咏人，细致入微，惟妙惟肖。

常考重点

梁陈诗歌的三种类型及其代表诗人；宫体诗的发展阶段和创作特点。

真题演练

【多选题】

（2010 年 4 月全国）梁陈时期诗尚自然、主风力的代表人物是（　　　）。

A．吴均　　　　B．何逊　　　　C．裴子野　　　　D．徐陵

E．阴铿

【答案与解析】　ABE。自梁迄陈，文学思想开始多元化发展的时期，诗歌创作亦呈现出多元化的面貌。大体说来，存在着三种不同的类型：第一类是重功利、主质朴的文学观，以裴子野为代表；第二类是尚自然、主风力的诗歌思想，主要有齐末梁初的吴均、何逊和梁陈两代的阴铿等人；第三类是重娱乐、尚轻艳的文学观，是此时文学思想的主潮，其创作上的代表作品即宫体诗。

【简答题】

(2012年4月全国)简述宫体诗的创作特点。

【答案与解析】　宫体诗是一种缘于对声律、对偶与辞采华美的过分讲求而形成的轻艳丽靡的文风。其创作特点之一是题材处理上的娱乐性质,主要是写妇女、男女之情、咏物、游宴登临、游戏;另一特点是对写实技巧的追求,咏物、咏人均细致入微、惟妙惟肖。

牛刀小试

【单选题】

1. 陈后主及其身边文士的诗歌创作属于( )。

　　A. 宫体诗的先导阶段　　　　　　B. 宫体诗的高峰阶段

　　C. 宫体诗的尾声期　　　　　　　D. 宫体诗退出文坛以后

【答案与解析】　C。第三阶段是宫体诗的尾声期,以陈后主及其身边文士为主,波及隋及唐初。

2. 宫体诗的文风具有的特点是( )。

　　A. 格调慷慨悲凉　　　　　　　　B. 词采丽靡轻艳

　　C. 意韵清逸玄远　　　　　　　　D. 语言峻切犀利

【答案与解析】　B。宫体诗是一种讲求声律、对偶与辞采华美的轻艳丽靡的文风。

第四节　北朝诗歌及庾信

知识点1:北地三才 ☆

知识点描述

"北地三才"指的是南北朝时期北方的三位代表性**本土**诗人:**温子升**,是北魏文学成就最高者;**邢劭**;**魏收**。

名师解读

> ➤ 北朝文学的发展背景与南朝完全不同。北朝玄风完全消歇,经学发达,儒家思想占绝对地位,种种因素使北方士人在观念和心态上都较为传统,在文学思想上有**重实用**、**尚真实**、**求朴野**的倾向。
>
> ➤ 需要特别注意"北地三才"是北方**本土**诗人的代表,而另外一些由南入北的诗人则体现了南北诗风的融合,具体将在接下来的知识点中讲解。

常考重点

"北地三才"的三位诗人。

真题演练

【单选题】

(2011 年 7 月全国)著名诗人温子升被誉为(   )。

A. "建安七子"之一 　　　　　　　　 B. "竟陵八友"之一

C. "北地三才"之一 　　　　　　　　 D. "吴中四士"之一

【答案与解析】　C。温子升(495—547),字鹏举,是北魏文学成就最高者。今存诗 10 首。他的诗歌具有北方质真朴野之风,亦有南朝诗风。他被称为"北地三才"之一。

牛刀小试

【单选题】

"北地三才"中除了温子升、魏收外,还有(   )。

A. 庾信 　　　　 B. 宇文毓 　　　　 C. 邢劭 　　　　 D. 徐陵

【答案与解析】　C。"北地三才"指的是南北朝时期北方的三位代表性本土诗人:温子升、邢劭和魏收。

知识点 2：庾信和王褒 ☆ ☆

知识点描述

由南入北的诗人中,代表是**庾信和王褒**。

庾信诗歌的**艺术特色**：

➤ 庾信诗风体现了南方清绮诗风与北方贞刚诗风的融合;

➤ 前期多绮艳之作,辞藻华丽,用典俳偶均自然工巧;

➤ 后期诗歌格调苍劲,技巧精工,集南北诗歌之大成。

常考重点

庾信诗歌的艺术特色。

真题演练

【简答题】

(2015 年 10 月全国)简述庾信诗歌的艺术特色。

【答案与解析】

(1) 庾信诗风体现了南方清绮诗风与北方贞刚诗风的融合;

(2) 前期多绮艳之作,辞藻华丽,用典俳偶均自然工巧;

(3) 后期诗歌格调苍劲,技巧精工,集南北诗歌之大成。

牛刀小试

【单选题】

庾信在南朝的诗歌主要特点是(　　)。

A. 典丽清拔　　　B. 高亢悲凉　　　C. 质朴无文　　　D. 绮丽柔靡

【答案与解析】　D。庾信今存诗 320 首左右,其诗歌创作可以以 42 岁留魏为界,分为前后两期。前期多绮艳之作,辞藻华丽,用典俳偶均自然工巧,擅名于诗坛。后期入北,情绪深沉,诗风亦显苍凉。

第五节　南北朝乐府民歌

知识点 1：南朝乐府民歌 ☆

知识点描述

➤ 南朝乐府民歌起于东吴迄于陈,今传 500 余首,大多辑入郭茂倩《乐府诗集》的**《清商曲辞》**中,少部分在《杂曲歌辞》《杂歌谣辞》中。其中"吴歌"300 余首,"西曲"百余首,其余 30 余首。

- 吴歌主要产生于当时首都建业(今江苏南京)一带的江南地区,是南朝的经济政治文化中心。
- 西曲采自长江中游及汉水两岸的政治经济军事重镇荆、郢、樊、邓一带。

➤ 南朝民歌的内容绝大多数是表现**男女之情**。

➤ 南朝民歌的艺术特色:

- 格调鲜丽明快,不但再现了南方的自然风光之美,也表现出南朝女子的浪漫情怀;
- 语言上的清新流丽和多用双关比喻,来自于南方女子特有的俏巧聪慧;
- 南朝民歌形制多为五言四句,语短情长,不但被南朝文人所借鉴,对唐代绝句的形成也有重要影响。

➤ 南朝乐府民歌艺术水平最高者为收在《乐府诗集·杂曲歌辞》中的**《西洲曲》**。

常考重点

南朝乐府民歌的收录;《西洲曲》。

真题演练

【单选题】

(2017 年 4 月全国)下列作品中,代表南朝乐府民歌最高艺术水平的是(　　)。

A.《木兰辞》　　　B.《西洲曲》　　　C.《华山畿》　　　D.《子夜歌》

【答案与解析】　B。南朝乐府民歌艺术水平最高者为收在《乐府诗集·杂曲歌辞》中的《西洲曲》,此诗 160 字,是南朝民歌中篇幅最长的,可能经过文人加工。

■ 牛刀小试

【单选题】

收录今传南朝乐府民歌的诗集不包括(　　)。

A.《清商曲辞》　　　B.《杂曲歌辞》　　　C.《杂歌谣辞》　　　D.《梁鼓角横吹曲》

【答案与解析】　D。今传南朝乐府民歌大部分收录在郭茂倩《乐府诗集》的《清商曲辞》中,少部分在《杂曲歌辞》《杂歌谣辞》中。北朝乐府民歌多辑于《乐府诗集·梁鼓角横吹曲》。

知识点 2:北朝乐府民歌 ☆ ☆

■ 知识点描述

➢ 北朝乐府民歌今存 60 余首,多辑入《乐府诗集·梁鼓角横吹曲》。

➢ 北朝民歌抒情真率直爽,语言质朴有力,格调苍劲豪迈,显示出北方民族独有的特色。最能代表其风格的,就是千古传唱的《敕勒歌》。

➢ 叙事长诗《木兰诗》,写少女木兰女扮男装代父从军,转战 12 年,屡立战功后辞官回乡的故事,塑造了一位英勇善战又机智活泼的巾帼英雄形象。

- 木兰的形象既反映了北方女性的刚健特点,又是中国劳动妇女善良勤劳淳朴勇敢的象征。

- 《木兰诗》的艺术特色:篇幅较长却又繁简得当,语言浅畅明快,顶真修辞运用巧妙,比喻恰切生动,铺排有致,且善于用对话表现人物性格,风格刚健清新,在艺术上取得了极大成功,与《西洲曲》一起被视为南北朝诗歌中的双璧。

■ 名师解读

> 作为《木兰诗》的艺术特色之一,顶真的修辞手法是指上句的结尾与下句的开头使用相同的字或词,用以修饰两句声韵的方法。例如“将军百战死,壮士十年归。归来见天子,天子坐明堂”。具体的修辞手法并非本课程的学习要求,此处的重点在于理解《木兰诗》的艺术特色。

■ 常考重点

《木兰诗》的艺术特色。

■ 真题演练

【简答题】

(2015 年 4 月全国)简述《木兰诗》的艺术特点。

【答案与解析】

（1）篇幅较长却又繁简得当,语言浅畅明快;

（2）顶真修辞运用巧妙;

（3）比喻恰切生动,铺排有致;

（4）善于用对话表现人物性格;

（5）风格刚健清新。

牛刀小试

【单选题】

千古传唱的《敕勒歌》属于( )。

A. 北朝民歌　　　B. 南朝民歌　　　C. 宫体诗　　　D. 新体诗

【答案与解析】 A。北朝民歌抒情真率直爽,语言质朴有力,格调苍劲豪迈,显示出北方民族独有的特色。最能代表其风格的,就是千古传唱的《敕勒歌》。

第十四章 魏晋南北朝散文和辞赋

本 章 提 要

　　本章主要内容为建安散文和辞赋、两晋辞赋、南朝骈文和骈赋、北朝散文和辞赋。其中需要重点掌握的是两晋山水赋、南朝骈文骈赋等新文体。在本章的学习中,重点在于每个时期散文和辞赋的代表作品和作家。

知 识 框 架

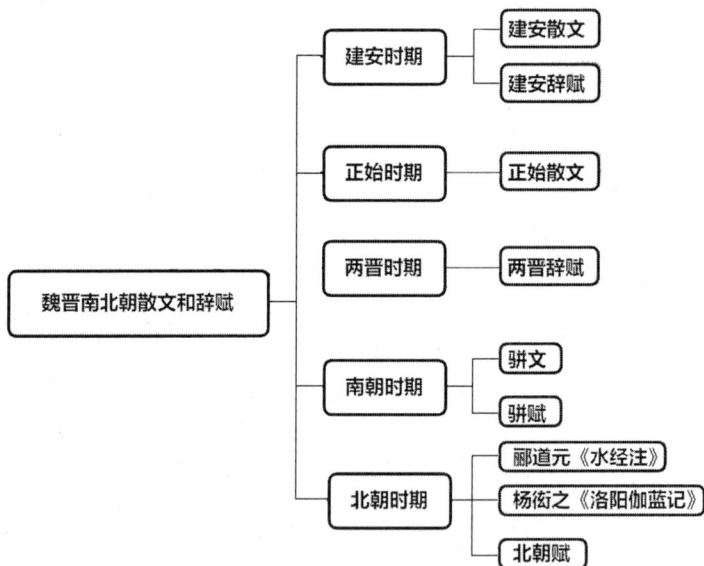

第一节 建安时期

知识点1：建安散文 ☆

知识点描述

➤ 建安时期不同作者文章的特点：

- 曹操清峻通脱；曹丕隽丽流畅；曹植气盛辞华；孔融诙谐高妙；陈琳章表殊健；阮瑀书记翩翩；应玚和而不壮；刘桢壮而不密，各有千秋。

➤ 曹操的文学特色：

- 清峻通脱，清峻简洁平易，被鲁迅称为"改造文章的祖师"。

常考重点

曹操散文的特色。

真题演练

【单选题】

（2013年7月全国）曹操散文的特点是（　　）。

A. 清峻简洁平易　　　　　　B. 注意辞采骈偶

C. 气势宏盛　　　　　　　　D. 文辞瑰丽

【答案与解析】　A。曹操散文的特点是清峻简洁平易。鲁迅说曹操是"改造文章的祖师"，有"清峻的风格——就是文章要简约严明的意思"，他还"力倡通脱"。通脱即随便之意。

知识点2：建安辞赋 ☆ ☆

知识点描述

建安辞赋创作的特点：有一个自觉主动进行辞赋创作的作者群；建安作家思想较为自由，赋作题材更为广泛；抒情性进一步加强；艺术形式方面有新的发展，成为汉赋向南北朝骈赋变化的开端。不但辞藻流丽妍美，对仗工巧整齐，而且注意到韵律和谐，开启六朝美赋创作之风气。

代表作品

登楼赋（节选）

王粲

华实蔽野，黍稷盈畴。虽信美而非吾土兮，曾何足以少留。……兽狂顾以求群兮，鸟相鸣而举翼。原野阒其无人兮，征夫行而未息。

洛神赋（节选）

曹　植

翩若惊鸿,婉若游龙。……髣髴兮若轻云之蔽月,飘飖兮若流风之回雪。……神光离合,乍阴乍阳。……凌波微步,罗袜生尘。

■ 常考重点

王粲《登楼赋》与曹植《洛神赋》中的名句。

■ 真题演练

【单选题】

1.（2015年4月全国）建安作家王粲的著名辞赋代表作是（　　）。

　　A.《登台赋》　　　　　　　　　　B.《登楼赋》

　　C.《弹棋赋》　　　　　　　　　　D.《校猎赋》

【答案与解析】　B。建安赋作家中,以王粲、曹植成就最高。王粲最著名的赋作是《登楼赋》,是千古传诵的名篇。故本题选B项。《登台赋》的作者是曹植;《弹棋赋》的作者是曹丕;《校猎赋》的作者是扬雄。

2.（2013年7月全国）下列意象不是出自曹植《洛神赋》的是（　　）。

　　A.“翩若惊鸿,婉若游龙”　　　　　B.“神光离合,乍阴乍阳”

　　C.“凌波微步,罗袜生尘”　　　　　D.“华实蔽野,黍稷盈畴”

【答案与解析】　D。“翩若惊鸿,婉若游龙”“神光离合,乍阴乍阳”和“凌波微步,罗袜生尘”出自曹植的《洛神赋》。“华实蔽野,黍稷盈畴”出自王粲的《登楼赋》。

■ 牛刀小试

【单选题】

下列各句,出自王粲《登楼赋》的是（　　）。

A. 虽信美而非吾土兮,曾何足以少留

B. 叹《黍离》之愍周兮,悲《麦秀》于殷墟

C. 回朕车以复路兮,及行迷之未远

D. 观古今于须臾,抚四海于一瞬

【答案与解析】　A。王粲的《登楼赋》是千古传诵的名篇。《登楼赋》:“华实蔽野,黍稷盈畴。虽信美而非吾土兮,曾何足以少留。”因此答案是A。B出自向秀《思旧赋》,C出自郭璞《江赋》。D选项出自陆机《文赋》。

第二节　正 始 时 期

知识点：正始散文

知识点描述

正始散文的代表作是**阮籍**的《**大人先生传**》和嵇康的《**与山巨源绝交书**》。

真题演练

【单选题】

(2012 年 7 月全国)下列文章作于正始时期的是(　　)。

A.《大人先生传》　　　　　　　　B.《求自试表》

C.《吊魏武帝文》　　　　　　　　D.《陈情表》

【答案与解析】　A。作品是阮籍的《大人先生传》和嵇康的《与山巨源绝交书》。因此答案是 A。《求自试表》的作者是曹植,时间在建安时期。《吊魏武帝文》的作者是西晋的陆机。《陈情表》的作者是西晋的李密。

第三节　两 晋 时 期

知识点：**两晋辞赋** ☆

知识点描述

➤ 山水赋出现于东晋时代。晋代山水赋的代表作家是**郭璞**和**孙绰**。孙绰的《**游天台山赋**》并非采取旁观静态的描写,而是以记游的方式,详尽描绘了山中景物,成为后世**山水游记和游山水诗之祖**。

➤ 西晋赋坛的主要赋作家有张华、左思、潘岳、陆机、陆云、傅玄、挚虞、成公绥等人,成就最高者为左思、潘岳、陆机。其中左思的主要成就在《**三都赋**》。

重要概念

用事：又叫**用典**,即采取引用典故的手法,使文章简练且更有说服力量。晋代赋家在用典方面刻意用心。

常考重点

两晋辞赋的代表作家。

真题演练

【单选题】

1. (2018年4月全国)晋代山水赋的代表作者是( )。

    A. 郭璞、孙绰   B. 张华、傅玄

    C. 潘岳、陆机   D. 左思、挚虞

【答案与解析】 A。晋代山水赋的代表作家当推郭璞和孙绰。孙绰的《游天台山赋》成为后世山水游记和游山水诗之祖。

2. (2011年7月全国)下列赋作中成为后世山水游记之祖的是( )。

    A. 孙绰《游天台山赋》   B. 王粲《登楼赋》

    C. 郭璞《江赋》   D. 庾信《哀江南赋》

【答案与解析】 A。用事：又叫用典，即采取引用典故的手法，使文章简练且更有说服力量。晋代赋家在用典方面刻意用心。孙绰的《游天台山赋》，以记游的方式，详尽描绘了山中景物，成为后世山水游记和游山水诗之祖。

牛刀小试

【多选题】

西晋赋坛成就卓著的作家有( )。

A. 张华   B. 左思

C. 潘岳   D. 曹植

E. 陆机

【答案与解析】 ABCE。西晋赋坛代表作家有：张华、左思、潘岳、陆机等人，成就最高者为左思、潘岳、陆机。曹植是建安时期的辞赋作家。因此本题正确答案为ABCE。

第四节　南朝时期

知识点1：骈文 ☆

知识点描述

- ➤ 骈文是一种具有均衡对称之美的文体，是广义的散文的一部分。

- ➤ 骈文的主要**特征有四：对偶、用典、声律、辞藻**。

- ➤ 骈文的**发展阶段**：

    • 刘宋时期是南朝骈文的**形成期**，此时骈文四特征已具备。代表作品是鲍照《登大

雷岸与妹书》）。

- 齐梁以后是南朝骈文的**成熟期**，此时声律说已发明，骈文进入了骈偶精工、用事绵密、声律严整、辞藻丽靡的阶段。代表作品有孔稚珪《北山移文》，吴均《与宋元思书》，陶弘景《答谢中书书》，刘峻《辩命论》《广绝交论》，刘勰《文心雕龙》，丘迟《与陈伯之书》。

- 骈文至徐陵、庾信，达到**高峰**。代表作品是庾信《哀江南赋序》。

常考重点

骈文的主要特征和发展阶段。

真题演练

【单选题】

（2018 年 4 月全国）南朝骈文的成熟在（ ）。

A. 刘宋时期　　　　　　　　　　B. 太康以前

C. 正始以前　　　　　　　　　　D. 齐梁以后

【答案与解析】 D。齐梁以后是南朝骈文的成熟期，此时声律说已发明，骈文进入了骈偶精工、用事绵密、声律严整、辞藻丽靡的阶段。

【多选题】

（2019 年 10 月全国）骈文的主要特征包括（ ）。

A. 对偶　　　B. 用典　　　C. 声律　　　D. 辞藻

E. 散体

【答案与解析】 ABCD。骈文是一种具有均衡对称之美的文体，它实际上是广义的散文的一部分，但它与散体单行的狭义的散文相比有明显区别。骈文的主要特征有四：对偶、用典、声律、辞藻。骈又是一种具有均衡对称之美的文体，是骈体而非散体。故选ABCD。

知识点 2：骈赋 ☆

知识点描述

➢ 南朝是骈赋**成熟**定型的时期。

➢ 南朝骈赋的特点：

- 表现形式方面，对偶精工，事典博赡、声韵和谐、藻饰华丽。对偶精工除了指赋中几乎全为对句，还指对偶的方式更加多样。

- 内容方面，以体物抒情小赋为**主流**，取材纤细柔弱，形象绮丽艳冶，格调细巧尖新；也有**少数**情感深厚、气势流畅而又精工奇隽之作，以鲍照《芜城赋》和江淹《恨赋》

《别赋》为翘楚。

> 代表作品：

- 鲍照《芜城赋》被评为"雕藻淫艳,倾炫心魂"；
- 江淹《恨赋》《别赋》典型地表现出南朝骈赋的美文风采。

常考重点

南朝骈赋的代表作品。

真题演练

【单选题】

1. (2013年4月全国)骈赋成熟定型的时期为(　　)。

　　A. 东汉　　　　　　B. 建安　　　　　　C. 西晋　　　　　　D. 南朝

【答案与解析】　D。南朝是骈赋成熟定型的时期。其表现形式是对偶精工、事典博赡、声韵和谐、藻饰华丽。对偶精工除了指赋中几乎全为对句,还指对偶的方式更加多样。

2. (2012年7月全国)南朝鲍照的《芜城赋》被《南齐书·文学传论》评为(　　)。

　　A. 雕藻淫艳,倾炫心魂　　　　　　B. 铺锦列绣,雕绩满眼

　　C. 寄言上德,托意玄珠　　　　　　D. 结藻清英,流韵绮靡

【答案与解析】　A。鲍照《芜城赋》写广陵城的盛衰兴废之变。面对昔盛今衰的巨变,作者发出了人世沧桑、世事无常的深沉感慨。全篇对比强烈,震撼人心;铺张扬厉,极力渲染;对仗工整,抑扬铿锵;辞藻绚烂,撩乱耳目:被评"雕藻淫艳,倾炫心魂"。

第五节　北朝时期

知识点1：郦道元《水经注》☆

知识点描述

郦道元《水经注》为《水经》注释,而成为一部**系统而完整的学术著作**。《水经注》约成书于北魏延昌、正光年间,书中根据水道流程记述了河流两岸**名胜古迹**,**风物景象**,以及**神话历史传说故事**等,文学价值较高,因而也是一部描绘山水风光的优秀散文著作,在山水散文方面有开创之功。《水经注》的山水散文兼有叙事文和山水文的综合特点,记叙真实、语言准确。

常考重点

《水经注》概况。

■ 真题演练

【单选题】

(2016年4月全国)下列关于《水经注》的说法正确的是(　　)。

A. 作者是南朝的郦道元

B. 有些篇章是优秀的山水散文

C. 其中有大量关于佛寺及市井、民俗的记载

D. 多方面反映了魏晋士人的精神面貌

【答案与解析】　B。北朝文人郦道元《水经注》为《水经》注释,而成为一部系统而完整的学术著作。它不仅是地理著作,也是系统而完整的学术著作,书中根据水道流程记述了河流两岸名胜古迹、风物景象,以及神话历史传说故事等,文学价值较高,因而也是一部描绘山水风光的优秀散文著作。

■ 牛刀小试

【单选题】

下列关于《水经注》的说法错误的是(　　)。

A.《水经注》简称《水经》,是一部系统完整的学术著作

B.《水经注》记述了河流两岸名胜古迹,是一部优秀的山水散文著作

C.《水经注》中包括一些神话历史传说故事

D.《水经注》兼有叙事文和山水文的综合特点

【答案与解析】　A。《水经》是一部记述水道的古书,为三国时人所作,原载237条江河等经流,郦道元《水经注》为《水经》注释,详注记述1252条支流,比原书多出20倍,成为另外一部专著。

知识点2：杨衒之《洛阳伽蓝记》☆

■ 知识点描述

　　杨衒之《洛阳伽蓝记》共5卷,内容有北魏都城洛阳40年政治大事、交通、市井、民俗、传说、异闻,以及人物传记,书中主要是对佛寺的描写。

　　《洛阳伽蓝记》属历史笔记,也是写景状物的散文,具有极高的史料价值。语言多为整齐的句法,时有四六骈句,散句兼用,风格典丽清拔。《洛阳伽蓝记》的内容和艺术都代表着北朝文人风格特色,对后世散文、传记、小说之类文学体裁的发展具有相当的影响。

■ 常考重点

　　《洛阳伽蓝记》概况。

■ **真题演练**

【单选题】

(2011年7月全国)下列说法中与《洛阳伽蓝记》不符的是(　　　)。

A. 作者杨衒之　　　　　　　　　B. 全书共七卷

C. 有极高的史料价值　　　　　　D. 记载有志怪、佛教故事

【答案与解析】 B。杨衒之《洛阳伽蓝记》共5卷,内容有北魏都城洛阳40年政治大事、交通、市井、民俗、传说、异闻,以及人物传记,书中主要是对佛寺的描写。《洛阳伽蓝记》属历史笔记,也是写景状物的散文,具有极高的史料价值。语言多整齐的句法,时有四六骈句,散句兼用,风格典丽清拔。

■ **牛刀小试**

【单选题】

历史散文《洛阳伽蓝记》的作者是(　　　)。

A. 郦道元　　　　　　　　　　　B. 杨衒之

C. 左思　　　　　　　　　　　　D. 庾信

【答案与解析】 B。杨衒之的《洛阳伽蓝记》属历史笔记,也是写景状物的散文。书中主要是对佛寺的描写,有的篇章写得精致。C选项的左思的代表作有《三都赋》。A选项郦道元的代表作有《水经注》等。

知识点3：北朝赋 ☆

■ **知识点描述**

北朝赋最可注意的是**由南入北**作家的赋作,取南朝赋精工鲜丽之长,摒其绮靡柔弱之短,取北朝赋高亢悲凉之长,去其质朴无文之短,成就了像**庾信**这样的赋作大家,也留下了赋史上的千古绝唱《**哀江南赋**》。

■ **名师解读**

北朝赋除后期的庾信外,总体创作水平与南朝有很大差距。北朝赋在题材方面或婉语讽谏,或体物写志,不离宫廷生活和王朝政治,赋风质朴。后期赋作题材有所扩展和深入,出现了自抒情志的作品。总体赋风不事雕琢,自然流丽,但并不淫放轻艳。

■ **常考重点**

庾信的《哀江南赋》。

真题演练

【单选题】

(2014 年 4 月全国)南北赋风完美结合的典范之作是(   )。

A.《洛神赋》   B.《别赋》   C.《三都赋》   D.《哀江南赋》

【答案与解析】 D。北朝赋最可注意的是由南入北作家的赋作,取南朝赋精工鲜丽之长,摒其绮靡柔弱之短,取北朝赋高亢悲凉之长,去其质朴无文之短,成就了像庾信这样的赋作大家,也留下了赋史上的千古绝唱《哀江南赋》。

第十五章　魏晋南北朝小说

本章提要

　　本章内容为魏晋南北朝时期的志怪小说和志人小说。重点在于代表作品《搜神记》和《世说新语》的相关知识,同时也需要了解这两类小说的其他代表作品。

知识框架

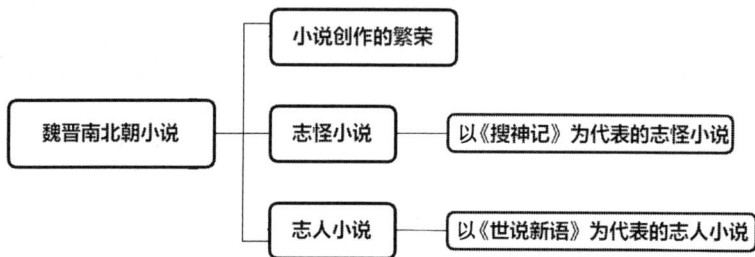

第一节　小说创作的繁荣

魏晋南北朝时期佛教已广泛传播,又加巫师与方士的奇谈怪论,神仙鬼怪之说泛滥,志怪小说纷纷产生。魏晋南北朝时期士大夫行为放荡,崇尚清谈品评,把汉末的人物品评发展得更甚,进一步重仪容、重辞采,志人小说便相继产生。魏晋南北朝小说中志怪小说和志人小说这两大类型将在下面两节重点讲解。

第二节　志 怪 小 说

知识点：以《搜神记》为代表的志怪小说 ☆ ☆

知识点描述

志怪小说起于魏晋,晋比较有代表性的是《博物志》和《搜神记》,南北朝较著名的是《异苑》《幽明录》《续齐谐记》《拾遗记》。

《搜神记》是志怪小说的代表作品,**成就最高**,可以代表魏晋南北朝志怪小说的基本面貌。

➢ 作者简介：**干宝**,字令升,新蔡(今河南新蔡县)人;

➢ 主要内容：主要辑录**神仙鬼怪故事**,也有一些没有故事性的琐碎记载;

➢ 故事来源：有民间传说,也采辑有史传及早出的志怪书中的材料;

➢ 创作目的：宣传鬼神;

➢ 艺术风格：总体艺术风格是**语言朴素而又叙事生动**;

➢ 文学特色：结构比较完整,描写比较生动,已初具短篇小说的规模;

➢ 社会意义：以不同的角度曲折地反映了社会现实。

常考重点

魏晋南北朝志怪小说的代表作品;《搜神记》概况。

真题演练

【多选题】

(2018 年 4 月全国)下列作品属于志怪小说的有(　　　)。

A.《博物志》　　　B.《搜神记》　　　C.《幽明录》　　　D.《拾遗记》

E.《续齐谐记》

【答案与解析】　ABCDE。志怪小说晋代比较有代表性的是《博物志》和《搜神记》,南北朝比较著名的是《异苑》《幽明录》《续齐谐记》《拾遗记》。因此本题答案是 ABCDE。

【名词解释题】

(2018 年 4 月全国)《搜神记》

【答案与解析】　《搜神记》是**志怪小说**的代表作品,成就最高,可以代表魏晋南北朝志怪小说的基本面貌。**作者干宝**,字令升,新蔡(今河南新蔡县)人,创作目的是为了宣传鬼神真有。全书主要辑录了**神仙鬼怪故事**,也有一些没有故事性的琐碎记载,书中故事的来源有**民间传说**,也采辑有史传及早年出的志怪书中的材料。《搜神记》的总体艺术风格是**语言朴素**而又**叙事生动**,它的结构比较完整,描写比较生动,已初具短篇小说的规模。

第三节 志 人 小 说

知识点：以《世说新语》为代表的志人小说 ☆ ☆

▣ 知识点描述

志人小说在魏晋南北朝甚为流行,但今存数量不多,比较有代表性的是《笑林》《西京杂记》《语林》《郭子》《俗说》《小说》和《世说新语》等。

刘义庆的《世说新语》是志人小说的代表作品,是**现存志人小说的最高成就**。

《世说新语》的艺术特点:

语言精练,简约含蓄,隽永传神,既有典雅的词句,又有生动的口语,善于将语言写得逼似人物身份,而又富于哲理性,而且往往用一言一行来表现人物的肖像和精神面貌。

《世说新语》的文学成就:

魏晋南北朝志人小说中,刘义庆《世说新语》成就最高,是记叙逸文隽语的笔记小说和小品文的先驱,后世模仿之作相继不断,对后世文学产生了深远影响。

▣ 常考重点

《世说新语》的艺术特点。

▣ 真题演练

【简答题】

(2012 年 7 月全国;2016 年 4 月全国)简述《世说新语》的艺术特点。

【答案与解析】 语言精练,简约含蓄,隽永传神,既有典雅的词句,又有生动的口语,善于将语言写得符合人物身份,而又富于哲理性,而且往往用一言一行即表现人物的肖像和精神面貌。

▣ 牛刀小试

【多选题】

下列作品属于志人小说的有(   )。

A.《小说》   B.《俗说》   C.《笑林》   D.《世说新语》   E.《搜神记》

【答案与解析】 ABCD。志人小说在魏晋南北朝甚为流行,但今存数量不多,比较有代表性的是《笑林》《西京杂记》《语林》《郭子》《俗说》《小说》和《世说新语》等。《搜神记》属于志怪小说。

第四编　隋唐五代文学

第十六章 南北文学合流与初唐诗歌

本章内容为隋代和初唐诗歌,重点在于每个时期的代表诗人和诗作,对于重要的诗人还要掌握其文学特色或文学成就。此外,本章的诗人合称称号较多,需要留意加以区分。

知·识·框·架

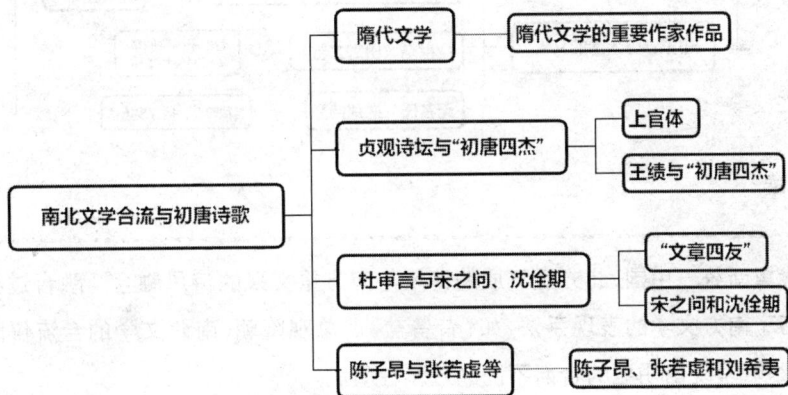

第一节　隋代文学

知识点：隋代文学的重要作家作品 ☆☆

▪ 知识点描述

隋代文学作者包含两个组成部分：北齐、北周旧臣和由梁、陈入隋的文人。

▪ 代表作品

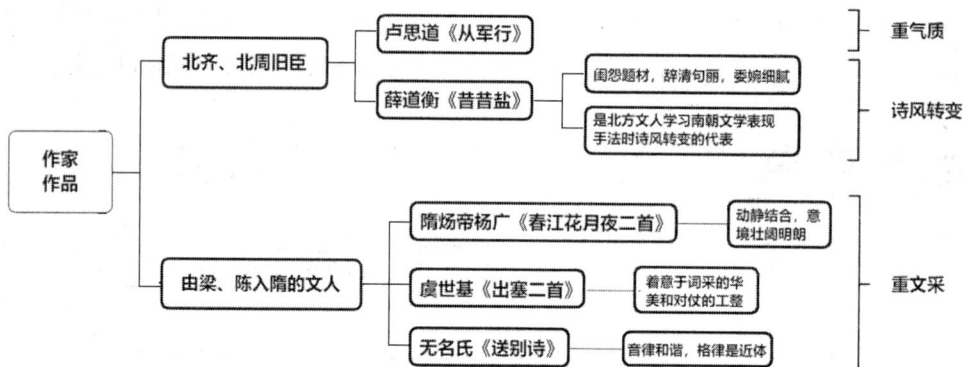

▪ 名师解读

> 隋代重新统一中国，北方重气质的诗风与南方重文采的诗风融合。融合过程中北方文人学习了南方文学的表现手法，如《昔昔盐》。总观隋朝，南北文学的合流仅限于诗风的相互影响，呈现出明显的合而不同的过渡性质。

▪ 常考重点

隋代文学的重要作家作品。

▪ 真题演练

【单选题】

1.（2013年4月全国）隋代聚集在炀帝身边的南朝文士的诗风特点是（　　）。

　　A. 重气质　　　　B. 重骨力　　　　C. 重文采　　　　D. 重思理

【答案与解析】　C。隋代聚集在炀帝身边的南朝文士们引领了隋代诗风从"重气质"向"重文采"的过渡，由此推断出他们的诗风是非常重文采的。

2.（2015年4月全国）薛道衡的诗《昔昔盐》属于（　　）。

　　A. 边塞诗　　　　B. 闺怨诗　　　　C. 赠答诗　　　　D. 送别诗

【答案与解析】　B。薛道衡（540—609），字玄卿，河东汾阴人。其成名作《昔昔盐》虽也言及边塞征夫,但诗中所写乃南朝常见的闺怨题材,辞清句丽,委婉细腻,情调和趣味偏于齐梁风格,是北方文人学习南朝文学表现手法时诗风转变的代表。

牛刀小试

【单选题】

1. 诗人虞世基属于(　　)。

　　A. 北齐旧臣　　　　　　　　　　B. 唐代文士

　　C. 北朝文士　　　　　　　　　　D. 南朝文士

【答案与解析】　　D。虞世基是南朝诗人中的后起之秀,是南朝文士中较有名望的一位,曾写过《出塞二首》等较好的作品。他的诗着意于词采的华美和对仗的工整,纯粹是为作诗而作诗。

2. 薛道衡的诗《昔昔盐》的艺术特点是(　　)。

　　A. 笔力苍劲　　　　　　　　　　B. 词气宏拔

　　C. 婉媚工整　　　　　　　　　　D. 辞清句丽

【答案与解析】　　D。薛道衡的成名作《昔昔盐》的艺术特点是:辞清句丽,委婉细腻,情调和趣味偏于齐梁风格,是北方文人学习南朝文学表现手法时诗风转变的代表。

第二节　贞观诗坛与"初唐四杰"

知识点1：上官体☆

知识点描述

贞观诗人上官仪,诗多应制、奉和之作,**婉媚工整**,时称"上官体"。

上官体的创新和局限:

➤ **创新**主要在体物图貌的细腻、精巧方面,以高度纯熟的技巧,冲淡了齐梁诗风的浮艳雕琢;

➤ 诗的题材内容还**局限**于宫廷文学应制咏物的范围之内,缺乏慷慨激情和雄杰之气。

名师解读

> 上官仪是贞观诗坛的代表作家,同期代表性作家作品还有唐太宗李世民《辽东山夜临秋》、虞世南《蝉》等。

常考重点

上官体婉媚工整的艺术风格。

■ **真题演练**

【单选题】

(2014 年 10 月全国) 上官仪诗歌的艺术风格是(　　)。

A. 慷慨悲壮　　　　B. 沉郁顿挫　　　　C. 婉媚工整　　　　D. 清新自然

【答案与解析】　C。上官仪，诗多应制、奉和之作，婉媚工整，时称"上官体"。其作品《入朝洛堤步月》堪称佳作。上官仪对诗歌体制的创新，主要在体物图貌细腻、精巧方面。但诗的题材内容还局限于宫廷文学应制咏物的范围之内，缺乏慷慨激情和雄杰之气。

知识点 2：王绩与"初唐四杰" ☆ ☆

■ **知识点描述**

➢ **王绩**是初唐士人中诗风较为独特的一位，代表作是五言律诗《**野望**》。

  ● 《野望》以**平淡自然**的话语表现自己的生活情感，写得相当真切，有一种不施脂粉的朴素美。

王勃、杨炯、卢照邻和骆宾王反映了当时社会中、下层一般士人的精神风貌和创作追求，世称"**初唐四杰**"。

➢ **王勃**：代表作《**滕王阁序**》，他在末联使用对偶句法之美，对唐诗的发展产生了深远影响。

➢ **卢照邻**：代表作《**长安古意**》是七言古体诗发展史上里程碑式的杰作，他的**七言歌行**恣肆奔放而词采富赡。

➢ **骆宾王**：代表作《**咏蝉**》感情充沛，取譬明切，用典自然，语多双关，是**咏物诗**中的名作。

➢ **杨炯**：以**五律**见长，《**从军行**》是他的代表作。

■ **名师解读**

> 初唐四杰在不同诗歌体裁上造诣不同，此处补充介绍诗歌的体裁划分，以加深对于初唐四杰创作特色差异的理解。体裁划分本身并不在本课程考试要求之内，无须记忆。
>
> 古体诗与近体诗的区分在于对格律的要求，近体诗格律严整，从古体诗到近体诗的演变受到第十三章中学过的永明声律说的影响。本知识点中杨炯擅长的五律属于律诗，是近体诗的一种。而歌行起源于乐府诗，是古体诗的一种。七言歌行与七古的划分并不很明确，将卢照邻的《长安古意》称为七古或是七言歌行都可以。

■ **常考重点**

王绩和初唐四杰的艺术特色。

真题演练

【单选题】

(2015 年 10 月全国;2019 年 10 月全国)初唐四杰之一的杨炯擅长的诗体是( )。

A. 七言歌行　　　B. 七言律诗　　　C. 五言律诗　　　D. 五言绝句

【答案与解析】　C。初唐四杰之一的杨炯擅长的诗体是五言律诗。《从军行》是他的代表作。卢照邻的代表作《长安古意》是七言发展史上里程碑式的杰作,他的七言歌行恣肆奔放而词采富赡。

牛刀小试

【单选题】

王绩的代表作《野望》的艺术风格是( )。

A. 平淡自然　　　B. 婉媚工整　　　C. 清丽秀逸　　　D. 恣肆奔放

【答案与解析】　A。王绩的代表作《野望》以平淡自然的话语表现自己的生活情感,写得相当真切,有一种不施脂粉的朴素美。诗当作于隋亡之后,写山野秋晚田家归来之景,闲逸中带有无所倚赖的苦闷和惆然。但这种平淡自然的隐逸诗风,是易代之际大都会有的,并不构成初唐诗发展的一个环节。

第三节　杜审言与宋之问、沈佺期

知识点 1：“文章四友” ☆

知识点描述

➤ 杜审言、李峤、苏味道、崔融并称“文章四友”。

➤ “文章四友”作诗以五律居多,对律诗发展定型有一定贡献。

➤ 《和晋陵陆丞早春游望》是杜审言最有名的五律,把江南早春清新秀美的景色写得极为真切,由此引起的浓厚的思乡之情,完全融入明秀的诗境中,显得极为高华雄浑,整首诗体现出丰满圆融之美。

常考重点

杜审言的《和晋陵陆丞早春游望》。

真题演练

【单选题】

(2012 年 7 月全国)杜审言《和晋陵陆丞早春游望》诗的特色是( )。

A. 寓意凄婉

B. 丰满圆融

C. 苍劲奔放

D. 缠绵悱恻

【答案与解析】 B。《和晋陵陆丞早春游望》是杜审言最有名的五律，把江南早春清新秀美的景色写得极为真切，由此引起的浓厚的思乡之情，完全融入明秀的诗境中，显得极为高华雄浑，整首诗体现出丰满圆融之美。

牛刀小试

【单选题】

下列诗人属于"文章四友"的是（ ）。

A. 杜审言　　　　　　　　　　B. 宋之问

C. 沈佺期　　　　　　　　　　D. 王绩

【答案与解析】 A。杜审言、李峤、苏味道、崔融并称"文章四友"。律诗的定型，是由宋之问和沈佺期最后完成的。王绩的代表作为《野望》。

知识点2：宋之问和沈佺期 ☆

知识点描述

律诗的定型，是由宋之问和沈佺期最后完成的。

宋之问代表作品有《度大庾岭》；沈佺期代表作品有《遥同杜员外审言过岭》。

常考重点

宋之问和沈佺期最后完成律诗的定型。

真题演练

【单选题】

（2014年10月全国；2019年10月全国）宋之问、沈佺期在诗歌创作领域的主要贡献是（ ）。

A. 风骨的确立　　　　　　　　B. 律诗的定型

C. 提出"六对""八对"之说　　　D. 提出风雅、兴寄之说

【答案与解析】 B。律诗的定型，是由宋之问和沈佺期最后完成的。宋之问、沈佺期等唐高宗、武后时期文人的作品，在内容上与以前的宫廷诗人的作品无太大差别，但在诗律和诗艺的研练方面却有很大进展，为唐代近体诗的定型做出了贡献。

牛刀小试

【单选题】

律诗这一体裁在初唐定型，对律诗的定型作出一定贡献的诗人不包括（ ）。

A. 杜审言　　　　B. 宋之问　　　　C. 沈佺期　　　　D. 卢照邻

【答案与解析】 D。杜审言、李峤、苏味道、崔融并称"文章四友"。他们的诗作以五律居多，对律诗发展定型有一定贡献。宋之问和沈佺期最后完成律诗的定型，同样对律诗的定型作出了贡献。卢照邻的七言歌行恣肆奔放而词采富赡，其代表作《长安古意》是七古发展史上里程碑式的杰作，卢照邻诗歌的主要成就不在律诗。

第四节　陈子昂与张若虚等

知识点：陈子昂、张若虚和刘希夷 ☆ ☆

知识点描述

作　者	作　品	文学特色或成就
陈子昂	《感遇》38 首，《登幽州台歌》	复归风雅
刘希夷	《代悲白头翁》	张若虚和刘希夷在诗歌意境创造上取得的进展表明唐诗意境的创造已进入炉火纯青的阶段
张若虚	《春江花月夜》	

> 张若虚与贺知章、张旭和包融齐名，并称为"吴中四士"。

代表作品

感遇（其二）

陈子昂

兰若生春夏，芊蔚何青青！幽独空林色，朱蕤冒紫茎。

迟迟白日晚，袅袅秋风生。岁华尽摇落，芳意竟何成？

登幽州台歌

陈子昂

前不见古人，后不见来者。念天地之悠悠，独怆然而涕下！

代悲白头翁

刘希夷

洛阳城东桃李花，飞来飞去落谁家。洛阳儿女惜颜色，坐见落花长叹息。今年花落颜色改，明年花开复谁在。已见松柏摧为薪，更闻桑田变成海。古人无复洛城东，今人还对落花风。年年岁岁花相似，岁岁年年人不同。寄言全盛红颜子，应怜半死白头翁。此翁白头真可怜，伊昔红颜美少年。公子王孙芳树下，清歌妙舞落花前。光禄池台文锦绣，将军楼阁画神仙。一朝卧病无相识，三春行乐在谁边。宛转蛾眉能几时，须臾鹤发乱如丝。但看古来歌舞地，惟有黄昏鸟雀悲。

常考重点

陈子昂、张若虚和刘希夷的代表作品；陈子昂复归风雅的诗风；张若虚和刘希夷在诗歌意境创造上取得的进展；"吴中四士"的概念。

真题演练

【单选题】

1. （2013 年 7 月全国；2016 年 10 月全国；2017 年 10 月全国）陈子昂《感遇》诗的特点

是(　　)。

　　A. 采丽竞繁　　　　B. 兴象玲珑　　　　C. 复归风雅　　　　D. 讲究格律

【答案与解析】　C。复归风雅,是陈子昂振起一代诗风的起点,这集中体现在他创作的38首《感遇》诗里。

　　2. (2018年4月全国)张若虚、刘希夷的诗歌创作的最大贡献是(　　)。

　　A. 题材的拓展　　　B. 格律的确定　　　C. 兴寄的强调　　　D. 意境的创造

【答案与解析】　D。张若虚和刘希夷在诗歌意境创造上取得的进展,表明唐诗意境的创造已经步入炉火纯青的阶段。

牛刀小试

【单选题】

　　1. 张若虚与贺知章、张旭和包融并称为(　　)。

　　A. 初唐四杰　　　B. 文章四友　　　C. 吴中四士　　　D. 大历十才子

【答案与解析】　C。张若虚是初、盛唐之交的一位诗人,大致与陈子昂等人同时登上诗坛,与贺知章、张旭和包融齐名,被称为"吴中四士"。

　　2. 下列诗句属于陈子昂《登幽州台歌》的是(　　)。

　　A. 年年岁岁花相似,岁岁年年人不同　　　B. 人生代代无穷已,江月年年望相似

　　C. 白云一片去悠悠,青枫浦上不胜愁　　　D. 前不见古人,后不见来者

【答案与解析】　D。A选项"年年岁岁花相似,岁岁年年人不同"出自刘希夷的《代悲白头翁》。B选项"人生代代无穷已,江月年年望相似"和C选项"白云一片去悠悠,青枫浦上不胜愁"均出自张若虚的《春江花月夜》,D选项"前不见古人,后不见来者"出自陈子昂的《登幽州台歌》。

第十七章　盛唐的诗人们

本　章　提　要

　　本章主要内容为盛唐的山水田园诗人、豪侠诗人和边塞诗人。本章知识结构明显不及之前章节琐碎,需重点掌握代表诗人的风格特色及成就。本章考题中简答题相对偏多,常考主要诗人的风格特点。

知　识　框　架

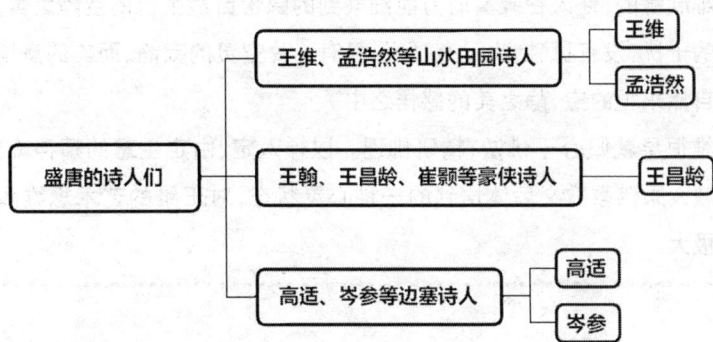

第一节　王维、孟浩然等山水田园诗人

知识点 1：王维 ☆

📖 知识点描述

➢ 奠定王维在唐诗史上大师地位的,是其抒发**隐逸情怀**的**山水田园诗**。

➢ 王维诗的**艺术特色**:

- 王维精通音乐,又擅长绘画,在描写自然山水的诗里,创造出"诗中有画,画中有诗"的静逸明秀诗境,兴象玲珑而难以句诠。

➢ **代表作品**:《山居秋暝》《辛夷坞》。

📖 名师解读

> 禅宗影响下王维诗歌的**空静之美**:
>
> ➢ 王维欣赏的,是人在寂寞时方能细察到的隐含自然生机的空静之美,不受人为因素的干扰,没有孤独,也没有惆怅,只有一片空灵的寂静,而美的意境就产生于对这自然永恒的空、静之美的感悟之中。
>
> ➢ 王维很早就归心于佛法,精研佛理。以禅入定、由定生慧的精神境界,是中国人接触大乘佛教教义后体悟到的一种心灵状态,对王维的艺术思维和观物方式影响极大。

📖 常考重点

王维诗的艺术特色和空静之美。

📖 真题演练

【简答题】

(2011 年 7 月全国)简述王维归隐诗的空静之美。

【答案与解析】

(1)王维欣赏的,是人在寂寞时方能细察到的隐含自然生机的空静之美,不受人为因素的干扰,没有孤独,也没有惆怅,只有一片空灵的寂静,而美的意境就产生于对这自然永恒的空、静之美的感悟之中。

(2)王维的空静之美受禅宗影响很大。王维很早就归心于佛法,精研佛理。以禅入定、由定生慧的精神境界,是中国人接触大乘佛教教义后体悟到的一种心灵状态,对王维的艺术思维和观物方式影响极大。

牛刀小试

【单选题】

盛唐诗人中精通音乐,又擅长绘画,创造出"诗中有画,画中有诗"诗境的是(　　)。

A. 王维　　　　　B. 孟浩然　　　　　C. 王昌龄　　　　　D. 岑参

【答案与解析】　A。王维精通音乐,又擅长绘画,在描写自然山水的诗里,创造出"诗中有画,画中有诗"的静逸明秀诗境,兴象玲珑而难以句诠。

知识点2：孟浩然 ☆☆

知识点描述

风格特点：

➤ 遇景入咏时,常从高远处落笔,自寂寞处低徊,随意点染的景物与清淡的情思相融,形成**平淡清远**而**意兴无穷**的明秀诗境；

➤ **自然平淡**是孟浩然山水诗的风格特点；

➤ 尽管孟浩然的诗中也有刻画细致、用字精审的工整偶句,但非有意于模山范水,只是一时兴到之语。观其全诗,妙在自然流走、冲淡闲远,**不求工而自工**。

代表作品：《过故人庄》《临洞庭湖赠张丞相》《夏日南亭怀辛大》《宿建德江》等。

重要概念

"王孟"：孟浩然与王维同为盛唐山水田园诗之代表诗人,世称"王孟"。

常考重点

孟浩然诗的风格特点。

真题演练

【简答题】

(2010年4月全国)简述孟浩然山水诗的风格特点。

【答案与解析】

(1)遇景入咏时,常从高远处落笔,自寂寞处低徊,随意点染的景物与清淡的情思相融,形成平淡清远而意兴无穷的明秀诗境；

(2)自然平淡是孟浩然山水诗的风格特点；

(3)尽管孟浩然的诗中也有刻画细致、用字精审的工整偶句,但非有意于模山范水,只是一时兴到之语。观其全诗,妙在自然流走、冲淡闲远,不求工而自工。

第二节　王翰、王昌龄、崔颢等豪侠诗人

知识点：

◼ 知识点描述

王昌龄，以七绝闻名，他的边塞诗为后世传诵的均为**七绝**。

王昌龄七绝边塞诗的特点：

➤ 观察问题较为敏锐，带有透视历史的厚重感；

➤ 讲究立意构思，"绪密思清"；

➤ 语言含蓄雄放而意境高远深沉。

◼ 名师解读

> 王昌龄的送别诗和以女性生活为题材的作品也很出色。《**长信秋词五首**》是王昌龄写女性的成功之作，怨苦深沉而委婉含蓄，成为**宫怨诗**中的佳作。
>
> 除王昌龄外，盛唐豪侠诗人还有王翰、崔颢、李颀、祖咏等，崔颢的《**黄鹤楼**》推为唐人**七律之首**。
>
> 上述诗人的代表作品如下。

作　家	代 表 作 品
王翰	《凉州词二首》(其一)
王昌龄	《从军行七首》(其二)、《出塞二首》(其一)、《长信秋词五首》(其三)
崔颢	《黄鹤楼》
李颀	《听董大弹胡笳声兼寄语弄房给事》《别梁锽》
祖咏	《望蓟门》

◼ 常考重点

王昌龄擅长的诗体；王昌龄七绝边塞诗的特点。

◼ 真题演练

【单选题】

1.（2018 年 4 月全国）王昌龄的诗《长信秋词五首》属于（　　　）。

　A. 山水诗　　　　B. 边塞诗　　　　C. 咏史诗　　　　D. 宫怨诗

【答案与解析】　D。《长信秋词五首》是唐代诗人王昌龄的组诗作品。这五首七绝以

凄婉的笔调,运用心理描写以及对比手法,从不同角度表明失宠宫妃的苦闷幽怨之情。这组诗是宫怨诗中的佳作。

2. (2012年7月全国)崔颢的名作《黄鹤楼》是( )。

A. 初唐七律的样板 B. 七律纯熟的标志

C. 唐人七律之首 D. 古今七言律诗第一

【答案与解析】 C。崔颢(704—754),汴州(今河南开封)人,其《黄鹤楼》被严羽推为唐人七律之首,诗的前半首抒发人去楼空的感慨,后半首落入深重的乡愁,所用事典"鹦鹉洲"是连接前后的关捩。

■ 牛刀小试

【简答题】

简述王昌龄边塞诗的特点。

【答案与解析】

(1)以七绝闻名,他的边塞诗为后世传颂的均为七绝;

(2)观察问题较为敏锐,带有透视历史的厚重感;

(3)讲究立意构思,"绪密思清";

(4)语言含蓄雄放而意境高远深沉。

第三节 高适、岑参等边塞诗人

知识点1:高适☆☆

■ **知识点描述**

➤ 代表作品:《燕歌行》《塞下曲》《塞上闻笛》;

➤ 风格特点:

• 意气高昂,慷慨悲壮;

• 以质实的古体见长,气质沉雄,境界壮阔,以浑厚骨力取胜。

■ **重要概念**

"高岑":高适为唐代边塞诗派的代表作家,与岑参齐名,世称"高岑"。

■ **常考重点**

高适诗的风格特点;"高岑"的概念。

■ **真题演练**

【多选题】

(2013年4月全国)高适边塞诗的风格特点有( )。

A. 沉雄气质　　　　　B. 慷慨悲壮　　　　　C. 文采华丽

D. 清新自然　　　　　E. 以骨力取胜

【答案与解析】　ABE。高适边塞诗的风格特点：①意气高昂,慷慨悲壮；②以质实的古体见长,气质沉雄,境界壮阔,以浑厚骨力取胜。

【名词解释题】

(2014 年 10 月全国;2016 年 10 月全国)"高岑"

【答案与解析】　盛唐诗人高适、岑参齐名,世称"高岑"。高适、岑参的诗歌多写边塞生活,为唐代边塞诗派的代表作家。

知识点 2：岑参 ☆ ☆

知识点描述

➤ 岑参擅长的体裁是**七言歌行**和**七言绝句**,代表作品有《走马川行奉送出师西征》《天山雪歌送萧治归京》《逢入京使》等。

➤ 岑参边塞诗具有好奇的特点：

- 第一,**意奇**。岑参爱好追求新奇事物,表现出特有的个性与气质。在他的笔下,风沙、大漠、冰雪、火山、热海,都闪烁着奇光异彩。
- 第二,**境奇**。岑参在描写战争场景时,也能出奇制胜,创造出紧张的战场气氛和激烈壮伟的战斗画面。
- 第三,**语奇**。岑参的边塞诗借鉴了高适等人七言歌行纵横跌宕、舒卷自如的体势而加以创新,形式接近乐府,但完全不用乐府古题而自立新题。
- 第四,**调奇**。有的诗句用韵,三句一转,节奏急促,声调激越。

常考重点

岑参边塞诗"好奇"的特点。

真题演练

【简答题】

(2015 年 4 月全国;2018 年 4 月全国)简述岑参边塞诗"好奇"的特点。

【答案与解析】　"好奇",是岑参审美趣味的涵括,具体表现在以下几个方面：第一,意奇。岑参爱好追求新奇事物,表现出特有的个性与气质。在他的笔下,风沙、大漠、冰雪、火山、热海,都闪烁着奇光异彩。第二,境奇。岑参在描写战争场景时,也能出奇制胜,创造出紧张的战场气氛和激烈壮伟的战斗画面。第三,语奇。岑参的边塞诗借鉴了高适等人七言歌行纵横跌宕、舒卷自如的体势并加以创新,形式接近乐府,但完全不用乐府古题而自立新题。第四,调奇。有的诗句句用韵,三句一转,节奏急促,声调激越。

第十八章　李　白

　　本章内容为盛唐诗人李白,重点是李白诗歌的艺术成就,是最为经常考论述题的知识点之一,单个知识点分值占比极高。此外还需要掌握李白乐府、歌行体诗和绝句的艺术特点,常考选择题和简答题。本章内容不多,但都是重点。

知 识 框 架

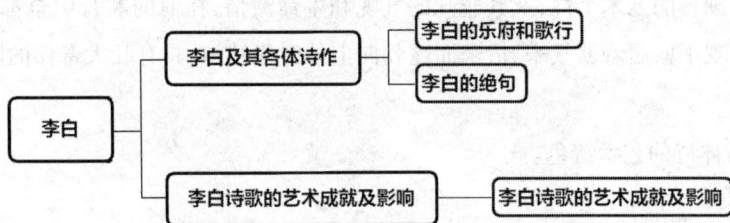

第一节　李白及其各体诗作

知识点1：李白的乐府和歌行 ☆ ☆

知识点描述

李白歌行的创作成就高于乐府,但两者之间的界限不容易划清。

李白**乐府诗**的创新意识:

➢ 借古题写现实;

➢ 用古题写己怀,如《蜀道难》和《将进酒》。

李白**歌行体诗**的艺术特色:

➢ 完全打破诗歌创作的一切固有格式,空无依傍,笔法多变,达到了任随性情之所至而变幻莫测、摇曳多姿的神奇境界;

➢ 激情喷涌,气势奔放,慷慨激昂,豪迈飘逸;

➢ 李白独特的艺术个性,及其非凡的气魄和生命激情,在他的歌行中全都展露出来,充分体现了盛唐诗歌气来、情来而蓬勃向上的时代精神,具有壮大奇伟的阳刚之美。

常考重点

李白歌行体诗的艺术特色。

真题演练

【简答题】

(2016年4月全国;2017年4月全国)简述李白歌行体诗歌的艺术特色。

【答案与解析】

(1)完全打破诗歌创作的一切固有格式,空无依傍,笔法多变,达到了任随性情之所至而变幻莫测、摇曳多姿的神奇境界。

(2)激情喷涌,气势奔放,慷慨激昂,豪迈飘逸。

(3)李白独特的艺术个性,及其非凡的气魄和生命激情,在他的歌行中全都展露出来,充分体现了盛唐诗歌气来、情来而蓬勃向上的时代精神,具有壮大奇伟的阳刚之美。

牛刀小试

【单选题】

李白诗歌《蜀道难》的特点是(　　　)。

A. 借古题写现实 　　　　　　B. 借古题抒己怀

C. 诗风简练含蓄 　　　　　　D. 诗风清新俊逸

【答案与解析】 B。李白用古题写己怀,因旧题乐府蕴涵的主题和曲名本身,在某一点引发了作者的感触和联想,便用它来抒写自己的情怀。此类诗如《蜀道难》《将进酒》。

知识点2：李白的绝句 ☆ ☆

知识点描述

李白绝句的艺术特色：随口而发,颇多神来之笔,**自然明快**。

> **七言绝句**以山水诗和送别诗居多,有一种与天地自然融为一体的气质,兴到神会,一挥而就,自然天成;表现了自然的美和普遍的人性、人情,平易真切,极富生活情趣。

> **五言绝句**以简洁明快的语言,表达出无尽的情思,既自然又含蓄;话语极为明白易晓,景物很简单,情思也只是灵心一闪的感悟,蕴涵却委曲深长。

> 李白绝句受**乐府民歌**的影响,具有乐府民歌风格。

常考重点

李白绝句的艺术特色。

真题演练

【单选题】

(2019年4月全国)李白绝句的艺术特点是( )。

A. 大气磅礴　　　　B. 雄奇浪漫　　　　C. 自然明快　　　　D. 深隐奥僻

【答案与解析】 C。李白诗歌的美是多样的,除大气磅礴、雄奇浪漫的壮美风格外,还有自然明快的优美情韵,这主要体现在他那些随口而发、颇多神来之笔的绝句里。故李白绝句的艺术特点是自然明快。

【简答题】

(2016年10月全国)简述李白绝句的艺术特色。

【答案与解析】

(1) 七言绝句以山水诗和送别诗为多,有一种与天地自然融为一体的气质,兴到神会,一挥而就,自然天成;表现了自然的美和普遍的人性、人情,平易真切,极富生活情趣。

(2) 五言绝句以简洁明快的语言,表达出无尽的情思,既自然又含蓄;话语极为明白易晓,景物很简单,情思也只是灵心一闪的感悟,蕴涵却委曲深长。

(3) 李白绝句受乐府民歌的影响,具有乐府民歌风格。

第二节　李白诗歌的艺术成就及影响

知识点：李白诗歌的艺术成就及影响 ☆☆☆

知识点描述

李白诗歌的艺术成就：

➤ 李白诗歌带有强烈的主观色彩，侧重抒写豪迈气概和激昂情怀，很少对客观物象和具体事件做细致的描述。

➤ 李白作诗常以奔放的气势贯穿，讲究纵横驰骋，一气呵成，具有以气夺人的特点。

➤ 李白诗歌的想象变幻莫测，往往发想无端，奇之又奇，带有一种随意生发的狂放精神。

➤ 李白诗中颇多吞吐山河、包孕日月的壮美意象，也不乏清新明丽的优美意象。

➤ 李白诗歌的语言风格，具有清新明快的特点，明丽爽朗是其词语的基本色调。

李白诗句的影响：

➤ 李白对后世的巨大影响，首先是他诗歌中所表现的人格力量和个性魅力。在中国古代封建社会个体人格意识受到正统思想压抑的文化传统中，李白狂放不受约束的纯真的个性风采，无疑有着巨大的魅力。

➤ 李白诗歌的豪放飘逸的风格、变化莫测的想象、清水芙蓉的美，对后来的诗人有很大的吸引力，苏轼、陆游等大家，都曾受到他的影响。

➤ 由于李白以才力写诗，凭气质写诗，他的诗风事实上是无法学习的。在中国诗歌史上，李白有不可替代的不朽地位。

常考重点

李白诗歌的艺术成就，常考论述题。

真题演练

【论述题】

（2006年7月全国；2011年4月全国；2014年4月全国）试述李白诗歌的艺术成就。

【答案与解析】

（1）李白诗歌带有强烈的主观色彩，侧重抒写豪迈气概和激昂情怀，很少对客观物象和具体事件做细致的描述。

（2）李白作诗常以奔放的气势贯穿，讲究纵横驰骋，一气呵成，具有以气夺人的特点。

（3）李白诗歌的想象变幻莫测，往往发想无端，奇之又奇，带有一种随意生发的狂放精神。

（4）李白诗中颇多吞吐山河、包孕日月的壮美意象，也不乏清新明丽的优美意象。

（5）李白诗歌的语言风格，具有清新明快的特点，明丽爽朗是其词语的基本色调。

第十九章 杜 甫

本 章 提 要

本章内容为唐代社会转折时期继往开来的伟大诗人杜甫,重点在于第一节和第三节,这两节的所有知识点都常考简答题和论述题,分值占比极高。

知 识 框 架

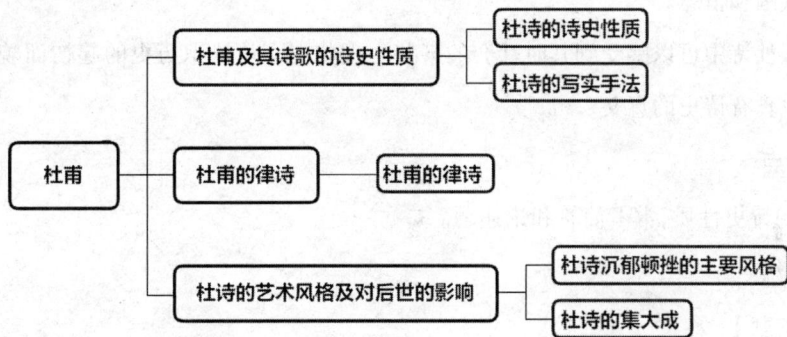

第一节　杜甫及其诗歌的诗史性质

知识点 1：杜诗的诗史性质 ☆ ☆

知识点描述

杜甫的诗歌形象真实地反映了安史之乱前后的时代动乱，是时代的一面镜子，素有"诗史"的美誉。

> 这首先在于杜诗具有史的认识价值，重要历史事件在他的诗中都有反映：
>> ● 从杜甫开始，以极为广阔的视野频繁地写时事；
>> ● 杜甫的诗提供了史的事实，可以证史，可以补史之不足。

> 杜诗提供了比历史事件更为广阔、具体、生动的生活画面，还有面临情景时感觉到的氛围和情思。

> 从杜诗中可以感受到其时社会的某些心理状态。从认识历史的起初面貌说，这类诗也具有诗史的意义。

常考重点

杜诗的诗史性质，常考简答和论述题。

真题演练

【简答题】

(2012 年 4 月全国) 简述杜甫诗歌的诗史性质。

【答案与解析】

(1) 杜甫的诗歌形象真实地反映了安史之乱前后的时代动乱，是时代的一面镜子，素有"诗史"的美誉。

(2) 这首先在于杜诗具有史的认识价值，重要历史事件在他的诗中都有反映。写时事，不始于杜甫，但到了杜甫，才用如此广阔的视野如此频繁地写时事。杜甫的诗提供了史的事实，可以证史，可以补史之不足。

(3) 杜诗提供了比历史事件更为广阔、具体、生动的生活画面，还有面临情景时感觉到的氛围和情思。

(4) 从杜诗中可以感受到其时社会的某些心理状态。从认识历史的起初面貌说起，这类诗也具有诗史的意义。

知识点 2：杜诗的写实手法 ☆☆☆

知识点描述

杜诗的诗史性质,决定了写实的写作手法。

➤ 以时事入诗,直面社会现实,继承了《诗经》《离骚》重兴寄的爱国忧民精神,又发展了两汉乐府民歌"写时事"的优良传统,创立了"即事名篇,无复依傍"的新乐府。采用客观的纪实描写手法,叙述者完全站在同情人民疾苦的立场上。

➤ 既叙事件经过,又用力于细部描写,从细微处见出真实,展开画面,把人引入某种氛围、某种境界中。

➤ 写实中融入强烈的抒情,以时事入诗却含有泪水和深情。

常考重点

杜诗的写实手法,常考论述题。

真题演练

【论述题】

(2017 年 4 月全国)试论杜甫诗歌的写实手法。

【答案与解析】

(1) 以时事入诗,直面社会现实,继承了《诗经》《离骚》重兴寄的爱国忧民精神,又发展了两汉乐府民歌"写时事"的优良传统,创立了"即事名篇,无复依傍"的新乐府。采用客观的纪实描写手法,叙述者完全站在同情人民疾苦的立场上。

(2) 既叙事件经过,又用力于细部描写,从细微处见出真实,展开画面,把人引入某种氛围、某种境界中。

(3) 写实中融入强烈的抒情,以时事入诗却含有泪水和深情。

牛刀小试

【单选题】

"即事名篇,无复依傍"指的是(   )。

A. 杜甫七律的创作特色   B. 杜甫五律的创作特色

C. 杜甫拗体诗的创作特色   D. 杜甫新乐府的创作特色

【答案与解析】 D。杜甫继承了《诗经》《离骚》重兴寄的爱国忧民精神,又发展了两汉乐府民歌"写时事"的优良传统,创立了"即事名篇,无复依傍"的新乐府。杜甫的乐府古体诗,除了效法汉魏古乐府取题的用意以"行"诗写时事外,还能自立新题,独创格调,如《兵车行》。此诗作于杜甫困居长安期间,讽刺唐玄宗穷兵黩武而不顾百姓死活,不用《从军行》一类的乐府旧题。

第二节　杜甫的律诗

知识点：杜甫的律诗

■ 知识点描述

➢ 杜甫对**五律**的把握，已到了非常纯熟、运用自如的程度，韵律精细且诗境浑成而多变化。

➢ **杜甫是七律的第一位大家，他创作了超过前人创作数量总和的七律。**唐人的七言律，在盛唐诸家以兴趣情韵见长，到杜甫手中，境界始大，感慨始深，无论摹写物象，还是抒发性情，皆能摆脱拘束，于尺幅之中，含有思飘云物、律惊鬼神的壮观景象。

➢ 杜甫以律诗写**组诗**最为成功的是七律，特别是《秋兴八首》，可以说是杜甫律诗中的登峰造极之作。

➢ 拗体在杜甫的绝句诗里出现较多，尤以**七绝**为甚。杜甫的这类诗，既有联篇的吟唱，又有单篇的短章；既有常调，又有拗体，多一气呵成的真实之作，其妙处在于含意深婉。但声调拗峭、笔墨质实，且多议论，改变了盛唐绝句蕴藉含蓄的清丽格调，创立了一种与其沉郁顿挫风格一致的绝句新风貌。

■ 牛刀小试

【单选题】

1. 在杜甫诗歌中成就最高的诗体是(　　　)。

　　A. 七言律诗　　　　B. 七言绝句　　　　C. 五言律诗　　　　D. 五言绝句

【答案与解析】　A。杜甫是七律的第一位大家，他创作了超过前人创作数量总和的七律。唐人的七言律，在盛唐诸家以兴趣情韵见长，到杜甫手中，境界始大，感慨始深，无论摹写物象，还是抒发性情，皆能摆脱拘束，于尺幅之中，含有思飘云物、律惊鬼神的壮观景象。杜甫以律诗写组诗最为成功的是七律，其中《秋兴八首》可以说是杜甫律诗中登峰造极之作。

　　2. 杜甫的七言绝句大多是(　　　)。

　　　　A. 以叙事手法写社会生活之作　　　　B. 用纪行方式写山川风物之作

　　　　C. 感情深厚诗律精严之作　　　　　　D. 一气呵成的真实之作

【答案与解析】　D。杜甫的七绝有联篇的吟唱，又有单篇的短章；既有常调，又有拗体，多一气呵成的真实之作，其妙处在于含意深婉。但声调拗峭、笔墨质实，且多议论，改变了盛唐绝句蕴藉含蓄的清丽格调，创立了一种与其沉郁顿挫风格一致的绝句新风貌。

第三节　杜诗的艺术风格及对后世的影响

知识点1：杜诗沉郁顿挫的主要风格 ☆☆☆

📖 **知识点描述**

杜诗的主要风格特征是**沉郁顿挫**：

➤ 沉郁顿挫风格的感情基调是悲慨；

➤ 沉郁,指其感情的悲慨壮大深厚；

➤ 顿挫,指其感情的表达波浪起伏,反复低回；

➤ 杜诗"沉郁"风格的形成,是安史之乱前后特定历史时期的产物,是时代社会心理在杜甫诗歌创作中的反映。入蜀后的十余年,是杜诗"沉郁"风格发展的顶峰。

📖 **常考重点**

杜诗沉郁顿挫的主要风格,常考名词解释和论述题。

📖 **真题演练**

【名词解释题】

(2008年7月全国;2013年7月全国;2017年4月全国)沉郁顿挫

【答案与解析】

沉郁顿挫是杜诗的主要风格特征：

(1)沉郁顿挫风格的感情基调是悲慨；

(2)沉郁,指其感情的悲慨壮大深厚；

(3)顿挫,指其感情的表达波浪起伏,反复低回；

(4)杜诗"沉郁"风格的形成,是安史之乱前后特定历史时期的产物,是时代社会心理在杜甫诗歌创作中的反映。入蜀后的十余年,是杜诗"沉郁"风格发展的顶峰。

【论述题】

(2013年4月全国;2017年10月全国)试以具体作品为例论述杜甫诗歌沉郁顿挫的特点。

【答案与解析】　杜诗的主要风格特征是沉郁顿挫：

(1)沉郁顿挫风格的感情基调是悲慨；

(2)沉郁,指其感情的悲慨壮大深厚；

(3)顿挫,指其感情的表达波浪起伏,反复低回；

(4)杜诗"沉郁"风格的形成,是安史之乱前后特定历史时期的产物,是时代社会心理在杜甫诗歌创作中的反映。入蜀后的十余年,是杜诗"沉郁"风格发展的顶峰。

下面以《登高》为例分析杜甫诗歌中沉郁顿挫的特点：

登　高

杜　甫

风急天高猿啸哀，渚清沙白鸟飞回。无边落木萧萧下，不尽长江滚滚来。

万里悲秋常作客，百年多病独登台。艰难苦恨繁霜鬓，潦倒新停浊酒杯。

此诗是杜甫大历二年(767)秋在夔州时所写。当时诗人病卧夔州，夔州在长江之滨。从时间背景来看，此时正处于杜甫入蜀后的十余年，是杜诗"沉郁"风格发展的顶峰。

全诗通过登高所见秋江景色，倾诉了诗人长年漂泊、老病孤愁的复杂感情，慷慨激越，动人心弦。杨伦称赞此诗为"杜集七言律诗第一"(《杜诗镜铨》)，胡应麟《诗薮》更推重此诗精光万丈，是古今七言律诗之冠。

前四句写登高见闻。首联一个"哀"字，奠定了全诗沉郁的感情基调，而峡口开阔的场景愈发使得这种悲慨之情显得壮大而深厚。颔联集中表现了夔州秋天的典型特征。诗人仰望茫无边际、萧萧而下的木叶，俯视奔流不息、滚滚而来的江水，在写景的同时，便深沉地抒发了自己的情怀。"无边""不尽"，使"萧萧""滚滚"更加形象化，不仅使人联想到落木窸索之声，长江汹涌之状，也无形中传达出韶光易逝、壮志难酬的感怆。透过沉郁悲凉的对句，显示出神入化之笔力，确有"建瓴走坂""百川东注"的磅礴气势。

前两联极力描写秋景，直到颈联，才点出一个"秋"字。"独登台"，则表明诗人是在高处远眺，这就把眼前景和心中情紧密地联系在一起了。"常作客"，指出了诗人漂泊无定的生涯。"百年"，本喻有限的人生，此处专指暮年。"悲秋"两字写得沉痛。秋天不一定可悲，只是诗人目睹苍凉恢廓的秋景，不由想到自己沦落他乡、年老多病的处境，故生出无限悲愁之绪。诗人的羁旅愁与孤独感，就像落叶和江水一样，推排不尽，驱赶不绝，情与景交融相洽。诗到此处已给作客思乡的一般含义，添上久客孤独的内容，增人悲秋苦病的情思，加进离乡万里、人在暮年的感叹，诗意就更见深沉了。尾联对结，并分承五六两句。诗人备尝艰难潦倒之苦，国难家愁，使自己白发日多，再加上因病断酒，悲愁就更难排遣。本来兴会盎然地登高望远，现在却平白无故地惹恨添悲，诗人的矛盾心情是容易理解的。

纵览全诗，作者的情感表达波浪起伏，反复低回，更加突显了悲慨之情的深厚，完美诠释了杜诗沉郁顿挫的特点。

本题需要紧扣杜诗沉郁顿挫的特点作答，一方面要答对要点；另一方面要注意结合具体作品进行分析解释，适当自由发挥。

■ 牛刀小试

【单选题】

杜甫诗歌的总体艺术风格是(　　　)。

A. 平淡自然　　　　　　　　　B. 清新明快

C. 沉郁顿挫　　　　　　　　　D. 自然天成

【答案与解析】 C。杜甫诗歌的总体艺术风格是沉郁顿挫,沉郁顿挫风格的感情基调是悲慨。杜诗"沉郁"风格的形成,是安史之乱前后特定历史时期的产物,是时代社会心理在杜甫诗歌创作中的反映。

知识点2:杜诗的集大成☆

📖 知识点描述

杜诗集大成体现在下面三个方面。

➤ 虚心学习前人的经验,不薄今人爱古人。杜甫能比较全面地认识到各个历史时期的作家作品都有自己的特色和成就,能兼取众人之长。

- 杜诗的叙事和写实,显然受到《诗经》和汉乐府的影响,其爱国忧民、坚持正义的精神,又是对屈原《离骚》的继承。具体表现为对以屈赋为代表的楚辞诗句语词的直接运用和点化上。在五言古诗写作中,他接受了王粲、曹植、陶渊明等诗人的影响。

➤ 作诗兼备众体,风格多样化。杜甫擅长各种诗歌体裁,并能推陈出新。

- 杜甫的五言古诗穷极笔力,充分扩充境界,由十韵而拓展至五十韵(如《自京赴奉先县咏怀五百字》),再拓展为七十韵的巨制(如《北征》)。
- 杜诗风格崇尚绮丽、清新,后来向沉郁、老成发展,形成沉郁顿挫的主导风格,还有萧散自然、平淡简易和含蓄委婉等诸多变化。

➤ 功力深厚,能自铸伟辞。

- 杜甫在《江上值水如海势聊短述》中说:"为人性僻耽佳句,语不惊人死不休。老去诗篇浑漫与,春来花鸟莫深愁。"由于注重对于诗歌语言的锤炼,他的诗歌里往往有非常美丽或精警的句子。如"细雨鱼儿出,微风燕子斜"等。

📖 常考重点

杜诗集大成的体现,考频比之前几个知识点略低,但主要题型依然是分值很高的论述题。

📖 真题演练

【论述题】

(2012年7月全国)杜诗的集大成体现在哪些方面?联系作品进行具体论述。

【答案与解析】 杜诗集大成体现在下面三个方面。

(1)虚心学习前人的经验,不薄今人爱古人。杜甫能比较全面地认识到各个历史时期的作家作品都有自己的特色和成就,能兼取众人之长。杜诗的叙事和写实,显然受到《诗经》和汉乐府的影响,其爱国忧民、坚持正义的精神则是对屈原《离骚》的继承。具体表现为对以屈赋为代表的楚辞诗句语词的直接运用和点化上。在五言古诗写作中,他接受了王粲、曹植、陶渊明等诗人的影响。

（2）作诗兼备众体，风格多样化。杜甫擅长各种诗歌体裁，并能推陈出新。杜甫的五言古诗穷极笔力，充分扩充境界，由十韵而拓展至五十韵，再拓展为七十韵的巨制。杜诗风格崇尚绮丽、清新，后来向沉郁、老成发展，形成沉郁顿挫的主导风格，还有萧散自然、平淡简易和含蓄委婉等诸多变化。

（3）功力深厚，能自铸伟辞。杜甫在《江上值水如海势聊短述》中说："为人性僻耽佳句，语不惊人死不休。老去诗篇浑漫与，春来花鸟莫深愁。"由于注重对于诗歌语言的锤炼，他的诗歌里往往有非常美丽或精警的句子。如"细雨鱼儿出，微风燕子斜"等。

牛刀小试

【单选题】

杜诗的集大成的体现不包括(　　)。

A. 虚心学习前人的经营，不薄今人爱古人

B. 作诗兼备众体，风格多样化

C. 诗歌创作带有强烈的主观色彩

D. 功力深厚，能自铸伟辞

【答案与解析】　C。杜诗的集大成体现在三个方面：（1）虚心学习前人的经营，不薄今人爱古人；（2）作诗兼备众体，风格多样化；（3）功力深厚，能自铸伟辞。C项为李白诗歌的艺术特色或成就。

第二十章　大历诗坛

　　本章内容为大历诗坛,知识容量较少且结构相对简单,比较重要的是大历十才子诗歌的特色。

知·识·框·架

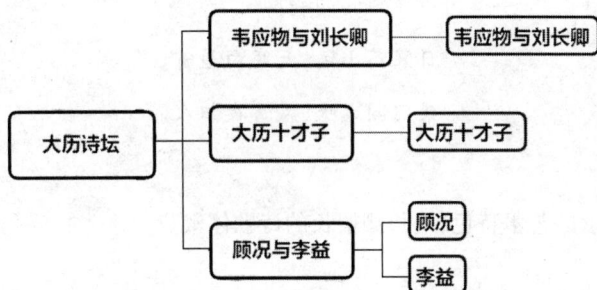

第一节　韦应物与刘长卿

知识点1：韦应物与刘长卿 ☆

■ 知识点描述

➤ 韦应物早期作品继承了盛唐诗人关怀现实、追求理想的传统；**后期作品**代之以看破世情的无奈和散淡，**风格闲淡简远**。

➤ 刘长卿的诗歌于冷落寂寞的情调中，又平添了一些惆怅衰飒的心绪，显得凄清悲凉。刘长卿写得最好的诗为五言诗，其中最为著名的是《逢雪宿芙蓉山主人》。

■ 代表作品

逢雪宿芙蓉山主人

刘长卿

日暮苍山远，天寒白屋贫。

柴门闻犬吠，风雪夜归人。

■ 常考重点

韦应物后期诗歌的艺术特色；刘长卿擅长的诗歌体裁。

■ 真题演练

【单选题】

1.（2015年4月全国）韦应物后期诗歌的风格是（　　）。

　　A. 沉郁顿挫　　　　B. 闲淡简远　　　　C. 刚健明朗　　　　D. 雄奇奔放

【答案与解析】　B。韦应物的后期作品里，慷慨为国的昂扬意气消失了，代之以看破世情的无奈和散淡，风格闲淡简远。他向往隐逸的宁静，有意效法陶渊明的冲和平淡，成为他诗歌创作的主导倾向，如《寄全椒山中道士》。将情谊深厚的真挚情感，出之以心平气和的恬淡之语，诗境明净雅洁而意味深长，被誉为"化工笔"。

2.（2015年10月全国；2016年4月全国）刘长卿写得最好的诗为（　　）。

　　A. 五言诗　　　　B. 七言诗　　　　C. 乐府诗　　　　D. 歌行体诗

【答案与解析】　A。刘长卿写得最好的诗为五言诗，其中最为著名的是《逢雪宿芙蓉山主人》。

第二节 大历十才子

知识点：大历十才子 ☆☆

知识点描述

➤ "十才子"之名,最早见于中唐诗人姚合编的《极玄集》,即李端、卢纶、吉中孚、韩翃、钱起、司空曙、苗发、崔峒、耿沣、夏侯审。

➤ "十才子"诗歌的特色：

- 追求清雅闲淡的**艺术风格**；

- 诗歌**用词**往往带有凄清、寒冷、萧瑟乃至暗淡的色彩；

- 偏爱使用描述性**意象**,采用白描手法写诗,以求意象的创新,意象多由生活中常见的山峰、寒雨、落叶、灯影、苍苔等组成,刻画精致细巧。

常考重点

"十才子"诗歌的特色,常考简答题。

真题演练

【简答题】

(2007 年 7 月全国;2014 年 10 月全国)简述"大历十才子"诗歌的特色。

【答案与解析】

(1)追求清雅闲淡的艺术风格。

(2)诗歌用词往往带有凄清、寒冷、萧瑟乃至暗淡的色彩。

(3)偏爱使用描述性意象,采用白描手法写诗,以求意象的创新,意象多由生活中常见的山峰、寒雨、落叶、灯影、苍苔等组成,刻画精致细巧。

牛刀小试

【单选题】

属于大历"十才子"的一组诗人是(　　)。

A.韦应物、刘长卿、钱起　　　　　　B.刘长卿、戴叔伦、李端

C.钱起、李端、卢纶　　　　　　　　D.卢纶、李益、顾况

【答案与解析】 C。"十才子"之名,最早见于中唐诗人姚合编的《极玄集》,即李端、卢纶、吉中孚、韩翃、钱起、司空曙、苗发、崔峒、耿沣、夏侯审。

第三节　顾况与李益

知识点1：顾况 ☆

■ 知识点描述

➤ 顾况诗歌的特点：

- 受江南民歌影响，格调通俗明快，语言有如白话；
- 常常俗中有奇，有怪奇的想象、怪奇的比喻，而且充满狂放之气；
- 章法结构纵横有致，出人意表。

➤ 顾况的诗预示了贞元、元和年间元白、韩孟两大诗派的共同特点。其通俗坦易的一面，影响了元白诗派；其纵横不羁的奇异一面，为韩孟诗派所承而变本加厉。

■ 常考重点

顾况诗歌的特色。

■ 真题演练

【多选题】

(2016年4月全国)顾况诗歌的特点包括(　　)。

A. 受民歌影响　　　　B. 通俗明快　　　　C. 有怪奇风格

D. 高雅闲淡　　　　E. 以七绝见长

【答案与解析】　ABC。

(1) 顾况诗歌的特点包括受江南民歌影响、通俗明快、有怪奇风格。因此答案是ABC。

(2) D项：出自白居易《与元九书》中对韦应物山水诗的评价——"高雅闲淡，自成一家之体"，与顾况无关。

(3) E项：顾况诗歌以乐府、古诗居多，绝句就相对较少了，比起七绝，他的七言歌行更受推崇一些。

■ 牛刀小试

【单选题】

顾况诗歌创作的特色是(　　)。

A. 具有低沉悲怆的情调　　　　B. 带有明显的盛唐余韵

C. 注重捕捉瞬间感受中的诗意　　　　D. 诗风通俗明快，真率自然

【答案与解析】　D。顾况的诗，无论古体还是今体，都受着江南民歌的明显影响，格调通俗明快，语言则有如白话。他的诗又常常俗中有奇，有怪奇的想象、怪奇的比喻，而且充满狂放之气。除想象过人之外，章法结构也纵横有致，出人意表。

【多选题】

诗风受到顾况影响的文人群体包括(　　)。

A. 文章四友　　　　　　B. 吴中四士　　　　　　C. 大历十才子

D. 元白诗派　　　　　　E. 韩孟诗派

【答案与解析】　DE。顾况的诗预示了贞元、元和年间元白、韩孟两大诗派的共同特点。其通俗坦易的一面,影响了元白诗派;其纵横不羁的奇异一面,为韩孟诗派所承而变本加厉。

知识点2：李益☆

知识点描述

➤ 李益的**边塞诗**写得最多最好。

➤ 李益的诗突出表现了大历诗风格上的**两重性**:

● 李益的边塞诗表现出爱国热情和民族自豪感,具有英雄主义的豪迈气概,带有盛唐的余韵;

● 李益诗具有感伤悲凉情调,带有大历时代的特点,为**中唐的先声**。

常考重点

李益擅长的诗歌题材。

真题演练

【单选题】

(2015年4月全国;2016年10月全国)李益写得最多最好的诗为(　　)。

A. 边塞诗　　　　B. 山水诗　　　　C. 田园诗　　　　D. 唱和诗

【答案与解析】　A。李益由于有十多年的军旅生活体验,他的边塞诗写得最多最好,其边塞诗内容比较丰富,主要抒写战士们久戍思归的怨望心情,情调感伤悲凉而不乏壮词。

牛刀小试

【简答题】

简述李益诗风的两重性。

【答案与解析】

李益的诗突出表现了大历诗风格上的两重性:

(1)李益的边塞诗表现出爱国热情和民族自豪感,具有英雄主义的豪迈气概,带有盛唐的余韵;

(2)李益诗具有感伤情调,带有大历时代的特点,为中唐的先声。

第二十一章　中唐诗歌

本　章　提　要

本章内容为中唐诗歌,需要重点掌握的诗人包括白居易、元稹、王建、韩愈、孟郊、李贺、刘禹锡和柳宗元。第一节和第三节的常考重点为创作类型,常考选择题;第二节的常考重点为创作特色,常考文字题,分值占比较高。

知　识　框　架

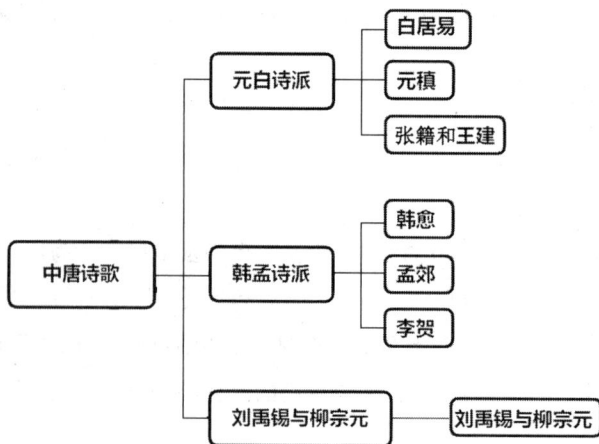

第一节　元白诗派

知识点1：白居易 ☆☆

知识点描述

白居易将自己的诗作分为四类：

➤ **讽谕诗**，如《秦中吟》10首、《新乐府》50首。白居易最为看重的是自己的讽谕诗。

➤ **闲适诗**，如《小池》二首、《问刘十九》，多写个人闲居独处时的生活感悟，受陶渊明、韦应物的影响较为明显，诗风浅近平淡。

➤ **感伤诗**，如《长恨歌》和《琵琶行》是白居易写得最成功的作品。艺术表现特点是抒情因素的强化。

➤ **杂律诗**，如《暮江吟》。流传较广的是一些写山水风光和友情的作品。

名师解读

> 白居易在《与元九书》中指出："仆志在兼济，行在独善。奉而始终之则为道，言而发明之则为诗。谓之讽谕诗，兼济之志也；谓之闲适诗，独善之义也。"也就是说讽谕诗体现了白居易兼济天下的志向，而闲适诗则描绘了他独善其身的生活方式。

常考重点

白居易对自己诗作的分类。

真题演练

【单选题】

1.（2012年4月全国；2016年4月全国）白居易的《秦中吟》10首属于（　　）。

　　A. 讽谕诗　　　　B. 闲适诗　　　　C. 感伤诗　　　　D. 杂律诗

【答案与解析】　A。白居易的讽谕诗有《秦中吟》10首、《新乐府》50首等。闲适诗有《闲适诗》11首等。感伤诗有《长恨歌》《琵琶行》等。杂律诗有《暮江吟》等。

2.（2017年4月全国）白居易的《琵琶行》属于（　　）。

　　A. 讽谕诗　　　　B. 闲适诗　　　　C. 感伤诗　　　　D. 杂律诗

【答案与解析】　C。感伤诗的代表作《长恨歌》和《琵琶行》是白居易写得最成功的作品。其艺术表现上的突出特点是抒情因素的强化。

3.（2017年10月全国）白居易将自己的诗作分为四类，其中《长恨歌》属于（　　）。

　　A. 讽谕诗　　　　B. 闲适诗　　　　C. 感伤诗　　　　D. 杂律诗

【答案与解析】　C。感伤诗的代表作《长恨歌》和《琵琶行》是白居易写得最成功的作品。

4．(2014年4月全国;2018年4月全国)白居易的《暮江吟》为(　　)。

A．讽谕诗　　　　　　　　　　B．闲适诗

C．感伤诗　　　　　　　　　　D．杂律诗

【答案与解析】　D。白居易的杂律诗中流传较广的是一些写山水风光和友情的作品,如《暮江吟》:"一道残阳铺水中,半江瑟瑟半江红。可怜九月初三夜,露似真珠月似弓。"写得自然流转、明丽圆熟。

■ 牛刀小试

【单选题】

能体现白居易的诗歌理论及兼济之志的诗歌是(　　)。

A．讽谕诗　　　　　　　　　　B．闲适诗

C．感伤诗　　　　　　　　　　D．杂律诗

【答案与解析】　A。白居易将自己的诗作分为四类:讽谕诗、闲适诗、感伤诗和杂律诗。能体现白居易的诗歌理论及兼济之志的诗歌是讽谕诗。

知识点2：元稹 ☆ ☆

■ 知识点描述

➤ 元稹借用古题或另拟新题创作**新乐府**诗,如《织妇词》《田家词》《上阳白发人》等**讽谕诗**。

➤ 元稹的代表作是**叙事长诗**《连昌宫词》。

➤ 真正代表元稹创作特色的是轻浅的**艳情诗**和写生离死别的**悼亡诗**,如《离思》五首其四:"曾经沧海难为水,除却巫山不是云。"

➤ 元稹和白居易两人有**酬唱**作品,如《闻乐天授江州司马》:"垂死病中惊坐起,暗风吹雨入寒窗"。

■ 重要概念

"元和体":元稹、白居易在元和年间所写的"次韵相酬"、穷极声韵的长篇排律,以及杯酒光景间感叹自身遭遇的"小碎篇章",加上两人的艳体诗,统称"元和体"。这些诗从内容到形式突破了诗歌的传统规范和传统模式,呈现出诗歌历史转折时期的**写实尚俗**特征。

■ **名师解读**

> 酬唱,指用诗词互相赠答唱和。语出唐代郑谷《酬右省补阙张茂枢》:"积雪巷深酬唱夜,落花墙隔笑言时。"元、白二人之间的酬唱诗拥有写实尚俗的特征,同时也是元白诗派的重要特色。

■ **常考重点**

元稹诗的分类;"元和体"的概念。

■ **真题演练**

【多选题】

(2015 年 10 月全国;2016 年 4 月全国)元稹诗歌内容广阔,形式多样,主要包括(　　)。

A. 新乐府诗　　　　B. 艳情诗　　　　C. 悼亡诗　　　　D. 酬唱诗

E. 山水诗

【答案与解析】　ABCD。元稹的代表作是叙事长诗《连昌宫词》。他大胆借用古题或另拟新题创作新乐府诗,如《织妇词》《田家词》《上阳白发人》等讽谕诗。而真正代表元稹创作特色的是轻浅的艳情诗和写生离死别的悼亡诗。此外,元稹还和白居易之间有酬唱作品。

【名词解释题】

(2010 年 4 月全国;2015 年 4 月全国)元和体

【答案与解析】　元稹、白居易在元和年间所写的"次韵相酬"、穷极声韵的长篇排律,以及杯酒光景间感叹自身遭遇的"小碎篇章",加上两人的艳体诗,统称"元和体"。这些诗从内容到形式突破了诗歌的传统规范和传统模式,呈现出诗歌历史转折时期的写实尚俗特征。

■ **牛刀小试**

【多选题】

能代表元稹诗歌创作特色的诗歌有(　　)。

A. 新乐府　　　　B. 艳情诗　　　　C. 悼亡诗　　　　D. 感伤诗

E. 闲适诗

【答案与解析】　BC。真正能代表元稹创作特色的是轻浅的艳情诗和写生离死亡诗。

知识点3：张籍和王建☆

知识点描述

张籍、王建是中唐时期较早从事乐府诗创作的诗人，时号"张王"。

张籍以乐府诗出名，题材较为广泛，多为"俗人俗事"，但挖掘甚深，往往由一人一事一语见出社会的缩影，如《野老歌》《牧童调》等。

王建的诗歌创作以**乐府诗成就最高**，题材广泛，爱憎强烈，如《田家行》。

常考重点

王建以乐府诗成就最高。

真题演练

【单选题】

（2015年10月全国；2016年4月全国）王建的诗歌创作中，成就最高的是（   ）。

A．乐府诗　　　　B．格律诗　　　　C．山水诗　　　　D．田园诗

【答案与解析】　A。王建的诗歌创作以乐府诗成就最高，题材广泛，爱憎强烈。谢灵运开创了山水诗的先河，实现了玄言诗向山水诗的转变，奠定了中国山水诗写实的雏形。从此，山水诗正式成为诗歌创作的一个重要领域。

牛刀小试

【多选题】

元白诗派的诗人包括（   ）。

A．顾况　　　　B．白居易　　　　C．元稹　　　　D．王建

E．韩愈

【答案与解析】　BCD。元白诗派的诗人包括白居易、元稹、张籍、王建等，顾况的诗风对元白诗派有影响，但不属于元白诗派。

第二节　韩孟诗派

知识点1：韩愈☆☆

知识点描述

韩愈诗歌的特色：

➢ "以文为诗"，汲取游记散文的叙事写法；

➢ 蓄意追求狠重、怪奇、险劲的境界，甚至走到以丑为美的地步，将生活中的丑陋事物写入诗中；

> ➤ 偶有富于神韵、清新自然的诗作,近似盛唐人的诗。

▣ 常考重点

韩愈诗歌的特色。

▣ 真题演练

【论述题】

(2018 年 4 月全国)试论韩愈诗歌的艺术特点。

【答案与解析】

(1)"以文为诗",汲取游记散文的叙事写法;

(2)蓄意追求狠重、怪奇、险劲的境界,甚至走到以丑为美的地步,将生活中的丑陋事物写入诗中。

(3)偶有富于神韵、清新自然的诗作,近似盛唐人的诗。

▣ 牛刀小试

【多选题】

韩愈诗歌的特点包括( )。

A. 以文为诗   B. 狠重怪奇   C. 以丑为美   D. 通俗浅易

E. 平易自然

【答案与解析】 ABC。韩愈诗歌的特点包括:①"以文为诗",汲取游记散文的叙事写法;②蓄意追求狠重、怪奇、险劲的境界,甚至走到以丑为美的地步,将生活中的丑陋事物写入诗中。

知识点 2:孟郊 ☆☆

▣ 知识点描述

孟郊诗歌创作的特点:

> ➤ 以苦吟著称,注重造语炼字,构思奇特超常;

> ➤ 诗多表现凄凉苦寒的贫困生活,诗境幽僻,风格峭硬,笼罩着一股寒气;

> ➤ 也有古朴平易的小诗,如《游子吟》。

▣ 常考重点

孟郊诗歌创作的特点。

▣ 真题演练

【论述题】

(2016 年 4 月全国)试述孟郊诗歌创作的特点。

【答案与解析】

(1)以苦吟著称,注重造语炼字,构思奇特超常。

（2）诗多表现凄凉苦寒的贫困生活，诗境幽僻，风格峭硬，笼罩着一股寒气。

（3）也有古朴平易的小诗，如《游子吟》。

牛刀小试

【简答题】

简述孟郊作诗苦吟的特点。

【答案与解析】 孟郊作诗以苦吟著称，注重造语炼字，构思奇特超常；他的诗多表现凄凉苦寒的贫困生活，诗境幽僻，风格峭硬，笼罩着一股寒气。

知识点3：李贺 ☆ ☆

知识点描述

李贺诗歌的艺术特色：

➤ 造语奇丽，喜用生新拗折字眼，笔触形象而暧昧，带有神秘感，被称为"长吉体"。

➤ 在构思、意象、遣词和设色等方面都表现出新奇独创的特色。偏爱描写鬼魂，有"诗鬼"之称。

➤ 具有怪奇的特征，想象、幻想和夸张并行；意象也非同寻常，强烈的主观色彩常表现为意象复合的"通感"。

常考重点

李贺诗歌的艺术特色；"长吉体"的概念。

真题演练

【多选题】

（2016年10月全国）李贺诗歌的艺术特点包括（　　　）。

A. 造语奇丽　　　　B. 偏爱描写鬼魂　　　　C. 诗风怪奇

D. 主观色彩强烈　　　E. 意象真实

【答案与解析】 ABCD。李贺的诗造语奇丽，喜用生新拗折字眼，笔触形象而暧昧，带有神秘感，被称为"长吉体"；在构思、意象、遣词和设色等方面都表现出新奇独创的特色。偏爱描写鬼魂，有"诗鬼"之称；具有怪奇的特征，想象、幻想和夸张并行；意象也非同寻常，强烈的主观色彩常表现为意象复合的"通感"。

【名词解释题】

（2013年4月全国；2017年10月全国）长吉体

【答案与解析】 李贺的诗造语奇丽，喜用生新拗折字眼，笔触形象而暧昧，带有神秘感，被称为"长吉体"。

📖 **牛刀小试**

【论述题】

试论李贺诗的艺术特色。

【答案与解析】

（1）造语奇丽，喜用生新拗折字眼，笔触形象而暧昧，带有神秘感，被称为"长吉体"。

（2）在构思、意象、遣词和设色等方面都表现出新奇独创的特色。偏爱描写鬼魂，有"诗鬼"之称。

（3）具有怪奇的特征，想象、幻想和夸张并行；意象也非同寻常，强烈的主观色彩常表现为意象复合的"通感"。

第三节　刘禹锡与柳宗元

知识点：刘禹锡与柳宗元 ☆

📖 **知识点描述**

➢ 刘禹锡一生的大部分时间都是在穷僻荒远的贬所度过的，所以抒写内心的苦闷、哀怨，表现身处逆境而不肯降心辱志的执着精神，便成了诗歌创作的主要内容。

➢ **咏史诗**在刘禹锡诗作中所占分量不大，却是艺术精湛思想深刻的作品。

➢ 在长期的谪居生涯中，刘禹锡受民间俚歌俗调的浸染，还创作了不少富有**民歌情调**、介于雅俗之间的优秀诗作，清新质朴，真率自然。

➢ 柳宗元的诗大部分作于**贬官永州、柳州时期**。他的诗作的重要内容就是抒写被贬谪的抑郁悲伤和思乡之情，忧愤深远，风格清冷峭拔。

➢ 柳宗元也写过一些**山水田园诗**，颇有淡泊纡徐之风。

📖 **常考重点**

刘禹锡与柳宗元的生平与诗作类型。

📖 **真题演练**

【多选题】

（2018 年 4 月全国）柳宗元的诗歌主要包括（　　）。

A. 贬谪诗　　　　　B. 咏史诗　　　　　C. 民歌体诗

D. 山水田园诗　　　E. 新乐府诗

【答案与解析】　AD。柳宗元的诗大部分作于贬官的永州、柳州时期。他的诗作的重要内容就是抒写被贬谪的抑郁悲伤和思乡之情。柳宗元在贬谪期间也写过一些山水田园诗，颇有淡泊纡徐之风。

■ **牛刀小试**

【多选题】

下列属于中唐诗人的包括(　　)。

A. 李白　　　　　　　B. 孟浩然　　　　　　C. 孟郊

D. 刘禹锡　　　　　　E. 柳宗元

【答案与解析】　CDE。李白和孟浩然属于盛唐诗人；孟郊、刘禹锡和柳宗元属于中唐诗人。

第二十二章　李商隐和晚唐诗歌

本　章　提　要

　　本章内容为晚唐诗坛,其中最重要的、诗歌成就最高的诗人是李商隐。他的无题诗是常考的重点。此外还有杜牧、许浑、贾岛、姚合等诗人,他们的创作特色都需要掌握。第四节中提到的诗人只要了解概况即可,考频很低。

知　识　框　架

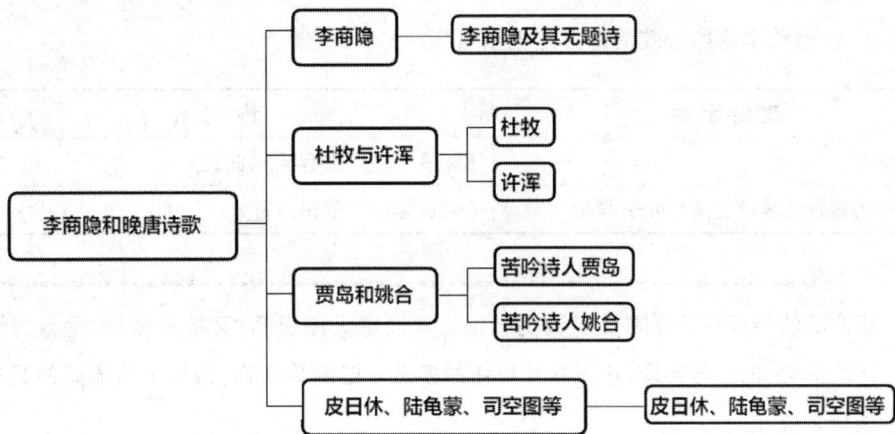

第一节 李 商 隐

知识点：李商隐及其无题诗 ☆ ☆

知识点描述

➤ 诗以"无题"命篇，是李商隐的创造。

➤ 无题诗是李商隐最为人传诵的作品，寄情深微，意蕴幽隐，富有**朦胧**婉曲之美。

➤ 李商隐无题诗的朦胧美主要表现在两个方面：

- 一个是他在感情方面的怅惘哀伤，文本中诸多因素的不确定性造成了无题诗意旨的含蓄朦胧，同时为解读作品提供了多种可能性；

- 一个是他在表现方面的迷离恍惚，诗中所用形象常常是现实中没有的，但诗中有理性的结构和通顺的句法，以理性的结构组织非理性的形象。

名师解读

除了无题诗，李商隐的政治诗占比也相当高。

政 治 事 件	诗 作
甘露事变	《有感二首》《重有感》《曲江》
刘蕡抨击宦官乱政被贬谪并死于非命	《哭刘蕡》《哭刘司户蕡》

> 李商隐的诗具有缥缈唯美的词美特征。李商隐天赋极高，又敏感多情，他致力于情思意绪的体验、把握与再现，用以状其情绪的多是一些精美之物，诗作中所流露的又多为缥缈蕴藉之情。
>
> 李商隐还运用多种艺术表现手法致力于对唯美的追求。李商隐诗歌的词化特征比较显著，如题材的细小化、情思的深微化、意境的朦胧唯美等，这样便在诗与词之间搭起了一座过渡的桥梁。

常考重点

李商隐无题诗的审美特征及其表现。

真题演练

【单选题】

（2012年7月全国）李商隐诗《有感二首》《重有感》的写作背景是(　　　)。

A. 安史之乱　　　　B. 永贞革新　　　　C. 甘露事变　　　　D. 黄巢入长安

【答案与解析】　C。文宗大和九年(835)冬,甘露事变发生,李商隐于次年写了《有感二首》《重有感》《曲江》等诗,抨击宦官篡权乱政,滥杀无辜,表现了对唐王朝命运的忧虑。

【论述题】

(2012年4月全国)试以具体作品为例,论述李商隐无题诗的审美特征及其表现。

【答案示例】

无题诗是李商隐最为人传诵的作品,寄情深微,意蕴幽隐,富有朦胧婉曲之美。

这种朦胧美主要表现在两个方面:

(1)他在感情方面的怅惘哀伤,文本中诸多因素的不确定性造成了无题诗意旨的含蓄朦胧,同时为读者解读作品提供了多种可能性;

(2)他在表现方面的迷离恍惚,诗中所用形象常常是现实中没有的,但诗中有理性的结构和通顺的句法,以理性的结构来组织非理性的形象。

具体到作品,例如:

无题二首(其一)

李商隐

昨夜星辰昨夜风,画楼西畔桂堂东。身无彩凤双飞翼,心有灵犀一点通。

隔座送钩春酒暖,分曹射覆蜡灯红。嗟余听鼓应官去,走马兰台类转蓬。

起联明写昨夜,次联回到今夕相隔的现境,颈联又转为对对方处境的想象,末联则再回到自身。结构安排上虽有"理"可循,但意象究竟不能实指,主题呈现多义。

又如:

锦　瑟

李商隐

锦瑟无端五十弦,一弦一柱思华年。庄生晓梦迷蝴蝶,望帝春心托杜鹃。

沧海月明珠有泪,蓝田日暖玉生烟。此情可待成追忆,只是当时已惘然。

诗中呈现了一系列似有而实无,虽实无而又分明可见的意象:庄生梦蝶、杜鹃啼血、良玉生烟、沧海珠泪。这些意象所构成的不是一个有完整画面的境界,而是错综纠结于其间的怅惘、感伤、寂寞、向往、失望的情思。

围绕李商隐无题诗审美特征的表现作答即可,每个表现要分别举例,具体实例可以自由发挥。

■牛刀小试

【单选题】

诗以"无题"命篇,最早的创作者为(　　)。

A. 李白　　　　　　B. 韩愈　　　　　　C. 李商隐　　　　　　D. 柳宗元

【答案与解析】　C。诗以"无题"命篇,是李商隐的创造。

第二节　杜牧与许浑

知识点 1：杜牧 ☆ ☆

知识点描述

➤ 杜牧和李商隐同为晚唐七绝成就最高的诗人,世称"**小李杜**"。

➤ 杜牧的怀古咏史诗数量多,创作了许多有"二十八字史论"之誉的优秀作品,如《登乐游原》《题乌江亭》《泊秦淮》等。

➤ 杜牧咏史诗的特色:抒发自己的政治感慨和见识,立意高绝,议论不落传统说法的窠臼。

常考重点

杜牧七绝的成就;杜牧怀古咏史诗的特点;"二十八字史论"的说法。

真题演练

【单选题】

(2015 年 4 月全国;2017 年 4 月全国)杜牧诗歌中最受推崇的诗体是(　　)。

A. 五言古诗　　　　　　　　　B. 七言律诗

C. 五言绝句　　　　　　　　　D. 七言绝句

【答案与解析】　D。杜牧诗歌中最受推崇的诗体是七言绝句,他和李商隐同为晚唐七绝成就最高的诗人,世称"小李杜"。

【多选题】

(2014 年 10 月全国)杜牧怀古咏史诗的特点包括(　　)。

A. 抒发政治感慨　　　　　　　B. 表现政治见识

C. 立意高绝　　　　　　　　　D. 议论不落窠臼

E. 采用七绝形式

【答案与解析】　ABCDE。抒发自己的政治感慨和见识,立意高绝,议论不落传统说法的窠臼是杜牧咏史诗的特色。杜牧的怀古咏史诗多为七绝,这一点可以从杜牧七绝的成就以及"二十八字史论"的字数描述中推断得知。

牛刀小试

【名词解释题】

"二十八字史论"

【答案与解析】　杜牧的怀古咏史诗数量多,创作了许多有"二十八字史论"之誉的优秀作品,如《登乐游原》《题乌江亭》《泊秦淮》等。抒发自己的政治感慨和见识,立意高绝,议论不落传统说法的窠臼,是杜牧咏史诗的特色。

知识点 2:许浑 ☆

知识点描述

许浑诗的特点:

> 以五律、七律为主,无一古体;

> 怀古咏史诗占比不大,但较为出色;

> 因善于写水,有"许浑千首湿"之说。

代表作品

金 陵 怀 古

许 浑

玉树歌残王气终,景阳兵合戍楼空。

松楸远近千官冢,禾黍高低六代宫。

石燕拂云晴亦雨,江豚吹浪夜还风。

英雄一去豪华尽,惟有青山似洛中。

常考重点

许浑诗的特点。

真题演练

【多选题】

(2016 年 10 月全国;2018 年 4 月全国)许浑诗歌创作的特点有(　　　)。

A. 以五律、七律为主　　　B. 怀古咏史诗较为出色　　　C. 以苦吟著称

D. 善于写水　　　E. 有句无篇

【答案与解析】　ABD。许浑今存诗 400 余首,以五律、七律为主,无一古体,怀古咏史诗所占比重虽然不大,却是较为出色的部分。因善于写水,有"许浑千首湿"之说。

牛刀小试

【多选题】

许浑的《金陵怀古》是一首(　　　)。

A. 七言律诗　　　B. 古体诗　　　C. 山水田园诗

D. 怀古咏史诗　　　E. 苦吟诗

【答案与解析】　AD。许浑今存诗 400 余首,以五律、七律为主,无一古体,怀古咏史诗所占比重虽然不大,却是较为出色的部分。他的《金陵怀古》是一首七律怀古咏史诗。

第三节　贾岛和姚合

知识点1：苦吟诗人贾岛 ☆

知识点描述

➢ 贾岛的诗大多不超出个人生活范围,很少反映社会问题。

➢ 贾岛的**五律**写得很精深,能于细小处见精神,造**清奇幽微**之境。

➢ 由于**苦吟**,贾岛创作出不少佳句,但缺点是**有句无篇**。

常考重点

贾岛诗歌概况。

真题演练

【多选题】

(2015年10月全国)贾岛诗歌创作的特点包括(　　)。

A. 善于写五律　　　　　　　　B. 以苦吟著称

C. 造清奇幽微之境　　　　　　D. 有句无篇

E. 咏史诗很出色

【答案与解析】　ABCD。贾岛诗歌创作的特点包括善于写五律;以苦吟著称;造清奇幽微之境;有句无篇。其诗歌内容很少反映社会问题,缺少出色的咏史诗。

牛刀小试

【单选题】

贾岛五律的艺术风格是(　　)。

A. 峭健俊爽　　　　　　　　　B. 深情绵邈

C. 清奇幽微　　　　　　　　　D. 正大高华

【答案与解析】　C。贾岛诗歌的五律写得很精深,能于细小处见精神,造清奇幽微之境。因此其艺术风格为清奇幽微。

知识点2：苦吟诗人姚合 ☆

知识点描述

姚合的诗风：清稳闲适。

姚合诗被称为"武功体",代表作五律组诗《武功县中作》30首,写山县荒凉,官况萧条,以及个人生活的窘态,是晚唐普通士人真实际遇和特定心态的反映。

■ **名师解读**

　　至此我们已经了解过四位苦吟诗人,他们分别是中唐的孟郊和李贺,还有晚唐的贾岛和姚合。苦吟诗人在一联、一句,甚至一字的推敲上争奇斗巧,而较少关注社会问题,这是苦吟诗人的不足。

■ **常考重点**

姚合的诗风和"武功体"的概念。

■ **真题演练**

【单选题】

(2018 年 10 月全国)姚合诗风的特点是(　　)。

A. 清稳闲适　　　　B. 刚健爽朗　　　　C. 雍容典雅　　　　D. 奇崛幽峭

【答案与解析】　A。姚合仕途较为顺利,诗风相对显得清稳闲适。

【名词解释题】

1.(2018 年 4 月全国)苦吟

【答案与解析】　苦吟是中晚唐时期诗歌创作的特点,注重造语炼字,追求构思的奇特,语言的生新。代表诗人有孟郊、李贺、贾岛、姚合。苦吟诗人在一联、一句,甚至一字的推敲上争奇斗巧,而较少关注社会问题,这是苦吟诗人的不足。

2.(2019 年 4 月全国)武功体

【答案与解析】　姚合诗被称为"武功体",代表作五律组诗《武功县中作》30 首,写山县荒凉,官况萧条,以及个人生活的窘态,是晚唐普通士人真实际遇和特定心态的反映。

第四节　皮日休、陆龟蒙、司空图等

知识点：皮日休、陆龟蒙、司空图等

■ **知识点描述**

诗人	代 表 作 品	作品思想内涵
皮日休	《正乐府十篇》《汴河怀古二首》《春夕酒醒》	继承元、白新乐府写实批判精神
聂夷中	《咏田家》	
杜荀鹤	《山中寡妇》《再经胡城县》	
罗隐	《蜂》	
陆龟蒙	《读阴符经寄鹿门子》《别离》《白莲》《晚渡》《太湖叟》	失意隐居却愤世嫉俗
司空图	《丁未岁归王官谷》《力疾山下吴村看杏花》《王官二首》	消极遁世隐居

真题演练

【单选题】

（2014年10月全国）下列诗人中继承元、白新乐府写实批判精神的晚唐诗人是（　　）。

A. 姚合　　　　　B. 司空图　　　　　C. 皮日休　　　　　D. 陆龟蒙

【答案与解析】　C。皮日休、聂夷中、杜荀鹤、罗隐等是继承元、白新乐府写实批判精神的晚唐诗人。他们忧国忧民,用诗歌揭露尖锐的社会矛盾。

牛刀小试

【单选题】

"将取一壶闲日月,长歌深入武陵溪"（《丁未岁归王官谷》）表达了遁世隐居的情怀,它的作者是（　　）。

A. 陶渊明　　　　　B. 王维　　　　　C. 孟浩然　　　　　D. 司空图

【答案与解析】　D。司空图消极遁世隐居的思想比较严重,他的诗歌作品包括《丁未岁归王官谷》《力疾山下吴村看杏花》《王官二首》等。

第二十三章　唐代散文

本章提要

　　本章内容为唐代散文,重点是古文运动的理论主张和韩愈、柳宗元的各体古文,其中韩愈和柳宗元的散文偶尔会考论述题。关于晚唐讽刺小品文,只需了解其特色和主要作家作品即可。

知识框架

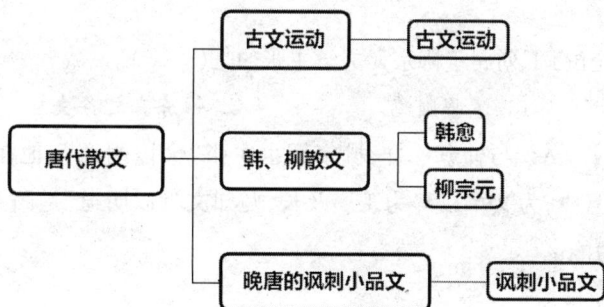

第一节　古文运动

知识点：古文运动 ☆☆

知识点描述

古文运动发生于中唐，是一场由骈体到散体的文体与文风的革新，在中国散文史上影响极为深远。

古文运动的倡导者及其主张：

➤ 韩愈，主张"文以明道""不平则鸣""唯陈言之务去"；

➤ 柳宗元，也主张"文以明道"。

常考重点

古文运动的主张。

真题演练

【单选题】

（2019年4月全国）下列属于柳宗元文学主张的是（　　）。

A. 文以明道　　　B. 不平则鸣　　　　C. 惟陈言之务去　　　D. 宗经尚简

【答案与解析】　A。与韩愈一样，柳宗元也主张"文以明道"，他在《答韦中立论师道书》中说："始吾幼且少，为文章以辞为工。及长，乃知文者以明道，是固不苟为炳炳烺烺、务采色、夸声音而以为能也。"

【多选题】

（2013年4月全国）韩愈古文运动的理论主张有（　　）。

A. 文以明道　　　B. 唯陈言之务去　　　C. 不平则鸣　　　　D. 用事绵密

E. 声律严整

【答案与解析】　ABC。韩愈在贞元九年（793）所写的《争臣论》中，第一次提出"文以明道"的观念，从而确定了"古文"创作的指导思想。从"明道"的要求出发，韩愈特别强调作家思想修养的重要性。在具体的创作实践中，他又提出了"不平则鸣"（《送孟东野序》）的口号。这一看法，把"明道"与对现实的批判联系了起来。在《答李翊书》中，韩愈明确提出"唯陈言之务去"的主张。

【名词解释题】

（2018年4月全国）古文运动

【答案与解析】

（1）古文运动发生于中唐，是一场由骈体到散体的文体与文风的革新，在中国散文史上影响极为深远。

（2）古文运动的倡导者和代表作家是韩愈、柳宗元。

（3）韩愈主张"文以明道""不平则鸣""唯陈言之务去"；柳宗元也主张"文以明道"。

🗡 牛刀小试

【多选题】

下列关于古文运动的说法正确的有(　　)。

A. 古文运动发生于盛唐时期

B. 是一场文体由散到骈的革新

C. 在中国散文史上影响深远

D. 韩愈主张"唯陈言之务去"

E. 柳宗元主张"不平则鸣"

【答案与解析】　CD。古文运动发生于中唐，A 项错误；古文运动是一场由骈体到散体的文体与文风的革新，B 项错误；"不平则鸣"是韩愈的主张，E 项错误。

第二节　韩、柳散文

知识点 1：韩愈 ☆

🔲 知识点描述

韩愈古文中的各类文体及其特色：

➤ **杂文**：较为自由随便，或长或短，或庄或谐，文随事异，各当其用。如《进学解》《送穷文》。

➤ **赠序文**：借题发挥，委婉多姿，常常熔叙事、描写、议论、抒情于一炉，而每篇又各有所侧重，作者往往借题发挥，切中时弊，而文笔又变化摇曳，委婉多姿。如《送李愿归盘谷序》《送高闲上人序》《送董邵南序》《送孟东野序》。

➤ **祭文**：尽情抒写作者对亡者的伤痛，缠绵悱恻，凄切无限，如《祭十二郎文》。

➤ **碑志**：重细节描写，借一二琐事，即将传主的性格、心态巧妙地展现出来，使之成为一篇篇生动的人物传记，从而一举打破了传统碑志死气沉沉的局面。韩愈碑志不唯叙墓主事迹，时亦借以发议论，寓讽刺，表现强烈的爱憎之情。如《柳子厚墓志铭》。

➤ **传记**：以戏谑滑稽的形式讽刺现实，如《毛颖传》。

🔲 常考重点

韩愈古文中的各类文体。

■ **真题演练**

【多选题】

(2019年10月全国)韩愈散文主要包括(   )。

A. 杂文   B. 赠序文   C. 碑志   D. 传记   E. 游记

【答案与解析】   ABCD。韩愈散文包括多种文体，其中有杂文、赠序文、祭文、碑志、传记。

■ **牛刀小试**

【论述题】

试举例论述韩愈古文中各类文体的特色。

【答案示例】

(1)杂文：较为自由随便，或长或短，或庄或谐，文随事异，各当其用。如《进学解》《送穷文》。

(2)赠序文：借题发挥，委婉多姿，常常熔叙事、描写、议论、抒情于一炉，而每篇又各有所侧重，作者往往借题发挥，切中时弊，而文笔又变化摇曳，委婉多姿。如《送李愿归盘谷序》《送高闲上人序》《送董邵南序》《送孟东野序》。

(3)祭文：尽情抒写作者对亡者的伤痛，缠绵悱恻，凄切无限，如《祭十二郎文》。

(4)碑志：重细节描写，借一二琐事，即将传主的性格、心态巧妙地展现出来，使之成为一篇篇生动的人物传记，从而一举打破了传统碑志死气沉沉的局面。韩愈碑志不唯叙墓主事迹，时亦借以发议论，寓讽刺，表现强烈的爱憎之情。如《柳子厚墓志铭》。

(5)传记：以戏谑滑稽的形式讽刺现实，如《毛颖传》。

文体分类不能遗漏，需结合每种文体的特色作答，作品举例只要对应正确即可。

知识点2：柳宗元 ☆ ☆

■ **知识点描述**

➤ 柳宗元的主要贡献是在**人物传记**、**山水游记**和**寓言**等文学散文的创作上。

● **寓言散文**大都结构短小而极富哲理意味。如《黔之驴》《蝜蝂传》。

● **山水游记**是柳宗元散文中的精品，主要写于永州贬所，有时采用直接象征手法，借"弃地"来表现自己虽才华卓荦却不为世用而被远弃遐荒的悲剧命运。如"永州八记"。

● **传记文与抒情文**也都有一定的文学价值和思想价值。如《捕蛇者说》《段太尉逸事状》《种树郭橐驼传》等。

➤ 柳宗元文学散文的总体**艺术风格**是沉郁凝练、冷峻峭拔，具有凄幽、愤激、冷峻的色彩和浓郁的诗意,以及明显的讽谕性、象征性。这种风格的形成,与他长期被贬谪的遭遇、愤世嫉俗的思想感情,以及富有批判锋芒的峻峭笔法有关。

■常考重点

柳宗元文学散文的主要文体和艺术风格。

■真题演练

【单选题】

(2016年10月全国)柳宗元的散文《蝜蝂传》属于(　　)。

A. 人物传记　　　B. 山水游记　　　C. 碑志　　　D. 寓言

【答案与解析】　D。柳宗元的寓言散文大都结构短小而极富哲理意味。《黔之驴》《蝜蝂传》均以动物形象揭示现实生活中某些人的嘴脸。

【论述题】

(2014年10月全国)试以具体作品为例,论述柳宗元文学散文的艺术风格。

【答案与解析】

柳宗元的主要贡献是在人物传记、山水游记和寓言等文学散文的创作上,风格特色分别如下:

(1)寓言散文大都结构短小而极富哲理意味。如《黔之驴》《蝜蝂传》。

(2)山水游记是柳宗元散文中的精品,主要写于永州贬所,有时采用直接象征手法,借"弃地"来表现自己虽才华卓荦却不为世用而被远弃遐荒的悲剧命运。如"永州八记"。

(3)传记文与抒情文也都有一定的文学价值和思想价值。如《捕蛇者说》《段太尉逸事状》《种树郭橐驼传》等。

柳宗元文学散文的总体艺术风格是沉郁凝练、冷峻峭拔,具有凄幽、愤激、冷峻的色彩和浓郁的诗意,以及明显的讽谕性、象征性。这种风格的形成,与他长期被贬谪的遭遇、愤世嫉俗的思想感情,以及富有批判锋芒的峻峭笔法有关。

■牛刀小试

【单选题】

柳宗元的"永州八记"属于(　　)。

A. 人物传记　　　B. 山水游记　　　C. 碑志　　　D. 寓言

【答案与解析】　B。山水游记是柳宗元散文中的精品,主要写于永州贬所,有时采用直接象征的手法,借"弃地"来表现自己虽才华卓荦却不为世用而被远弃遐荒的悲剧命运。如"永州八记"。

【多选题】

柳宗元散文的成就主要表现于(　　)。

A. 杂文　　　B. 人物传记　　　C. 山水游记　　　D. 祭文

E. 寓言

【答案与解析】 BCE。柳宗元散文的成就主要表现在人物传记、山水游记和寓言等文学散文的创作上。

第三节 晚唐的讽刺小品文

知识点：讽刺小品文 ☆

知识点描述

晚唐讽刺小品文的特色：篇幅短小精悍，多为刺时之作，批判性强，情感炽烈。

代表作家作品：

作　家	代　表　作　品
皮日休	《读司马法》《鹿门隐书》
陆龟蒙	《野庙碑》
罗　隐	《谗书》《英雄之言》

常考重点

晚唐讽刺小品文的特色和代表作家作品。

真题演练

【单选题】

1. (2016 年 4 月全国)晚唐小品文的创作特征是(　　)。

　　A. 宗经尚简　　　B. 文以明道　　　C. 批判性强　　　D. 娱乐性强

【答案与解析】 C。晚唐小品文篇幅短小精悍，多为刺时之作，批判性强，情感炽烈。

2. (2013 年 4 月全国;2017 年 10 月全国)陆龟蒙的《野庙碑》属于(　　)。

　　A. 山水游记　　　B. 讽刺小品　　　C. 变文　　　　　D. 俗讲

【答案与解析】 B。《野庙碑》对窃取禄位、鱼肉人民的贪官进行了讽刺和抨击，属于讽刺小品。

牛刀小试

【单选题】

晚唐文人陆龟蒙的作品不包括(　　)。

A.《读阴符经寄鹿门子》　　　B.《太湖叟》　　　C.《捕蛇者说》　　　D.《野庙碑》

【答案与解析】 C。《读阴符经寄鹿门子》和《太湖叟》是陆龟蒙的诗歌作品(参见第二十二章第四节)，《野庙碑》是他的讽刺小品文。《捕蛇者说》是柳宗元的作品，此题选 C。

第二十四章　唐传奇与俗讲、变文

本章重点为唐代传奇小说的艺术特色及其每个发展阶段的代表作品,考生尤其需要注意的是这些作品的划分相对复杂,考查频率也不低。第二节的俗讲和变文只要了解概念即可。

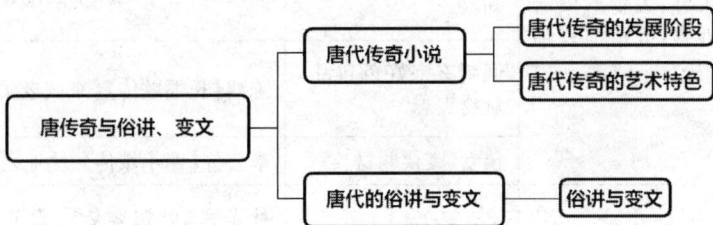

第一节　唐代传奇小说

知识点 1：唐代传奇的发展阶段 ☆ ☆

知识点描述

发 展 阶 段	主 要 题 材	代表作家作品
发轫期（初唐至肃宗）是六朝志怪向成熟传奇作品发展的过渡阶段。	类似志怪小说写神灵鬼怪之事	王度《古镜记》、无名氏《补江总白猿传》、张鹭《游仙窟》
繁盛期（代宗至文宗朝）题材丰富多彩，美不胜收，故事情节生动曲折，引人入胜；人物形象活泼鲜明，典型性强；爱情描写细致缠绵，婉曲生姿。	爱情题材	沈既济《任氏传》、李朝威《柳毅传》、陈玄佑《离魂记》、白行简《李娃传》、蒋防《霍小玉传》、元稹《莺莺传》
	鄙视荣华富贵、功名利禄	沈既济《枕中记》、李公佐《南柯太守传》
	讽刺玄宗好色致乱、玩物丧志	陈鸿《长恨歌传》《东城老父传》
	侠女、豪侠题材	李公佐《谢小娥传》、沈亚之《冯燕传》
衰落期（文宗朝至唐末）衰落指质量下降。这个时期单篇传奇很少，传奇专集大量涌现。	豪侠题材	杜光庭《虬髯客传》、袁郊《红线》、裴铏《聂隐娘》
	同时具有豪侠和爱情元素	《昆仑奴》
	爱情题材	《裴航》《步飞烟》

名师解读

> "传奇"，即传述奇人奇事。唐传奇，就是唐人用文言写作的短篇小说。因其有曲折奇特的情节，与一般散文不同，故名。
>
> 本来"传奇"与"志怪"是同义的。可是，志怪之怪，多指超现实的神灵鬼怪之事；而传奇之奇，其含义则要广泛得多，不仅可指超现实的奇异之事，也可指现实中的奇人奇事。这后一方面正是唐代的小说创作有别于六朝志怪的地方，使得小说由单纯的谈神说鬼，向通过写人来反映复杂的社会生活方面演进，形成了唐传奇的繁荣。

常考重点

唐传奇的三个发展阶段及其分别的代表作品。

真题演练

【单选题】

(2012 年 7 月全国)下列选项中,属于自代宗至文宗朝传奇小说代表作的是(　　)。

A.《古镜记》《李娃传》《霍小玉传》

B.《霍小玉传》《莺莺传》《虬髯客传》

C.《李娃传》《莺莺传》《枕中记》

D.《莺莺传》《虬髯客传》《枕中记》

【答案与解析】　C。A 项中《古镜记》属初唐至肃宗时期的作品。BD 项中的《虬髯客传》属文宗朝至唐末时期的作品。

【多选题】

(2019 年 4 月全国)下列传奇小说中以侠客为题材的作品有(　　)。

A.《柳毅传》　　　　　　B.《谢小娥传》　　　　　　C.《裴航》

D.《聂隐娘》　　　　　　E.《虬髯客传》

【答案与解析】　BDE。《谢小娥传》《聂隐娘》《虬髯客传》是以侠客为题材的唐代传奇小说。《柳毅传》和《裴航》是以爱情为题材的作品。

牛刀小试

【单选题】

下列作品中属于晚唐游侠小说代表作的是(　　)。

A.《古镜记》　　　　　　　　B.《南柯太守传》

C.《柳毅传》　　　　　　　　D.《虬髯客传》

【答案与解析】　D。杜光庭的《虬髯客传》是晚唐游侠小说代表作。《古镜记》属于初唐至肃宗时作品。《南柯太守传》《柳毅传》属于代宗至文宗朝作品。

知识点 2：唐代传奇的艺术特色 ☆ ☆

知识点描述

从艺术上看,唐代传奇在人物描写、情节安排和语言运用等方面都取得了巨大的成就,标志着中国古代小说艺术的渐趋成熟。

➤ **人物描写**方面,唐传奇善于通过对话和行动的具体描绘来表现人物的性格特征;善于通过对比、烘托,使人物形象更加丰满;善于运用细节描写、肖像描写和心理刻画,更细致深入地展示人物性格的复杂性,等等。因此,唐传奇塑造了众多的、栩栩如生的人物形象。

➤ **情节结构**的安排方面,不少唐传奇都做到了波澜起伏,严密完整,引人入胜。

> 　**语言运用**方面,唐传奇主要用散体古文,兼用通俗口语和骈文技巧,并大量插入诗
> 　歌,具有华实相扶、凝练传神的特点。

　　唐代传奇是我国文学史上**有意识的写作小说的开始**,它的产生,标志着中国小说的发展已渐趋成熟。从此,小说正式形成了自己的规模和特点,成为一种独立的文学样式。

常考重点

唐代传奇的艺术特色。

真题演练

【多选题】

(2013年7月全国;2017年10月全国)唐代传奇在艺术上的主要特点有(　　　)。

A. 善于描写人物性格　　　　　　　B. 情节波澜起伏,引人入胜

C. 语言华实相扶,凝练传神　　　　D. 讲唱结合

E. 插入诗歌

【答案与解析】　ABCE。唐代传奇的艺术特色有下面几点。

　　(1)人物描写方面,唐传奇善于通过对话和行动的具体描绘来表现人物的性格特征;善于通过对比、烘托,使人物形象更加丰满;善于运用细节描写、肖像描写和心理刻画,更细致深入地展示人物性格的复杂性,等等。因此,唐传奇塑造了众多的、栩栩如生的人物形象。

　　(2)情节结构的安排方面,不少唐传奇都做到了波澜起伏,严密完整,引人入胜。

　　(3)语言运用方面,唐传奇主要用散体古文,兼用通俗口语和骈文技巧,并大量插入诗歌,具有华实相扶、凝练传神的特点。

第二节　唐代的俗讲与变文

知识点：俗讲与变文 ☆

知识点描述

> 　**俗讲**,又可称"讲经文",是一种唐代民间说唱艺术的文学作品,主要来源是佛家讽诵
> 　经文。俗讲的内容为讲解佛教经义,散韵结合,说唱兼行,故事情节生动,语言通俗。

> 　**变文**的"变",是指变更了佛经的本文而成为俗讲,但当"变文"成为专称后,逐渐增加
> 　了非宗教性的内容。后来出现了职业的民间艺人,讲唱以民间传说、历史故事和现
> 　实生活为题材的变文,至此变文成为了一种通俗的民间文艺。

常考重点

俗讲和变文的概念。

■ 真题演练

【名词解释题】

1. (2015 年 10 月全国)俗讲

【答案与解析】 俗讲,又可称"讲经文",是一种唐代民间说唱艺术的文学作品,主要来源是佛家讽诵经文。俗讲的内容为讲解佛教经义,散韵结合,说唱兼行,故事情节生动,语言通俗。

2. (2012 年 7 月全国)变文

【答案与解析】 变文是一种唐代民间说唱艺术的文学作品。变文的"变",是指变更了佛经的本文而成为俗讲,但当"变文"成为专称后,逐渐增加了非宗教性的内容。后来出现了职业的民间艺人,讲唱以民间传说、历史故事和现实生活为题材的变文,至此变文成为了一种通俗的民间文艺。

■ 牛刀小试

【单选题】

变文的常见题材不包括( )。

A. 佛经故事　　　B. 民间传说　　　C. 酬唱诗歌　　　D. 历史故事

【答案与解析】 C。变文的"变",是指变更了佛经的本文而成为俗讲,但当"变文"成为专称后,逐渐增加了非宗教性的内容。后来出现了职业的民间艺人,讲唱以民间传说、历史故事和现实生活为题材的变文。

第二十五章 唐 五 代 词

本 章 提 要

本章主要内容包括词的起源、花间词派和南唐词人,其中第二节相对更重要,考生需要掌握花间词派的概念,以及温庭筠和韦庄两位词人词作的风格特点。此外,第一节中的敦煌曲子词和第三节中的南唐词人李煜也经常考查,考生需重点了解。

知 识 框 架

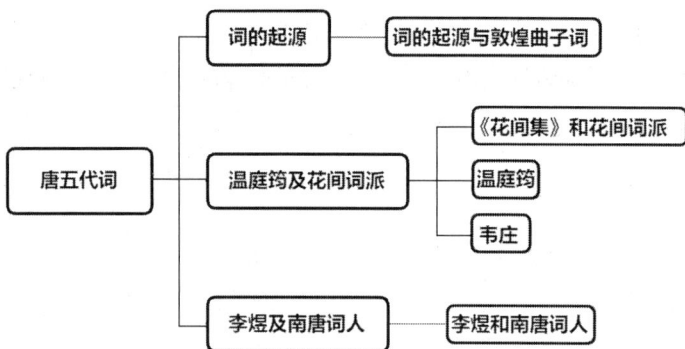

第一节　词的起源

知识点：词的起源与敦煌曲子词 ☆

知识点描述

➤ 词，又称"曲子""曲子词""诗余"。古代传统说法是词源于诗，但敦煌曲子词的发现证明词起源于民间。

➤ **敦煌曲子词**，20世纪初在敦煌被发现，其中有相当一部分作品为唐代歌伎所作，体现了女性词的审美特质。

➤ 敦煌曲子词反映了早期民间词所特有的思想感情和素朴风格，富于生活气息。

常考重点

敦煌曲子词。

真题演练

【名词解释题】

（2017年4月全国）敦煌曲子词

【答案与解析】

（1）敦煌曲子词，20世纪初在敦煌被发现，从而证明词起源于民间。

（2）其中有相当一部分作品为唐代歌伎所作，体现了女性词的审美特质。

（3）敦煌曲子词反映了早期民间词所特有的思想感情和素朴风格，富于生活气息。

牛刀小试

【单选题】

词的别称不包括（　　）。

A. 诗余　　　　　B. 传奇　　　　　C. 曲子词　　　　D. 曲子

【答案与解析】　B。词，又称"曲子""曲子词""诗余"。"传奇"即传述奇人奇事。唐传奇就是唐人用文言写作的短篇小说。

第二节　温庭筠及花间词派

知识点1：《花间集》和花间词派 ☆☆

知识点描述

➤ 花间词派是晚唐五代奉温庭筠为鼻祖进行词的创作的一个文人词派，得名于后蜀赵崇祚编辑的《花间集》。

> ➤ **婉丽绮靡**是花间词派的主导风格。
> ➤ 《花间集》是**最早的文人词总集**,它集中代表了词在格律方面的规范化,标志着在文辞、风格、意境上词性特征的进一步确立,奠定了"**词为艳科**"的基础。
> ➤ 在小令词的词体风格定型过程中,**温庭筠、韦庄**与其他**花间词人**起了关键性的作用。

🔲 常考重点

《花间集》和花间词派的概况。

🔲 真题演练

【单选题】

1. (2015 年 4 月全国;2018 年 4 月全国)花间词的基本风格是(　　)。

　A. 清新明朗　　　　　　　　　B. 婉丽绮靡

　C. 自然清丽　　　　　　　　　D. 清丽疏淡

【答案与解析】　B。花间词派是晚唐五代奉温庭筠为鼻祖进行词的创作的一个文人词派,得名于后蜀赵崇祚编辑的《花间集》。婉丽绮靡是花间词派的主导风格。

2. (2012 年 7 月全国)我国最早的文人词总集是(　　)。

　A.《尊前集》　　　　　　　　　B.《花间集》

　C.《金奁集》　　　　　　　　　D.《阳春集》

【答案与解析】　B。《花间集》是最早的文人词总集,它集中代表了词在格律方面的规范化,标志着在文辞、风格、意境上词性特征的进一步确立,奠定了"词为艳科"的基础。

【名词解释题】

(2010 年 7 月全国;2016 年 10 月全国)花间词派

【答案与解析】　花间词派是晚唐五代奉温庭筠为鼻祖进行词的创作的一个文人词派,得名于后蜀赵崇祚编辑的《花间集》。婉丽绮靡是花间词派的主导风格。温庭筠、韦庄等花间词人在小令词的词体风格定型过程中起了关键性的作用。

🔲 牛刀小试

【单选题】

《花间集》的编者是后蜀的(　　)。

　A. 温庭筠　　　B. 赵崇祚　　　C. 皇甫松　　　D. 韦庄

【答案与解析】　B。花间词派是晚唐五代奉温庭筠为鼻祖进行词的创作的一个文人词派,得名于后蜀赵崇祚编辑的《花间集》。

知识点 2：温庭筠 ☆

🔲 知识点描述

> ➤ 温庭筠精通音律,工诗擅词,作赋才思敏捷;他把词同南朝宫体与北里倡风结合起

来,成为花间派的鼻祖。

> 温庭筠恃才傲物,生活浪漫,他的词专以描写美女与爱情为主要内容,词风**秾艳柔婉**,意象**细腻绵密**,韵律流美,尤擅表现精致的官能感受,创构一种**窈深幽约**词境,令人产生托喻之联想。

> 此外,温庭筠还有一些**清新疏朗**、**清丽疏淡**的作品,数量不多但同样对后世产生了积极深远的影响。

▣ 代表作品

菩 萨 蛮

温庭筠

小山重叠金明灭,鬓云欲度香腮雪。懒起画蛾眉,弄妆梳洗迟。

照花前后镜,花面交相映。新帖绣罗襦,双双金鹧鸪。

▣ 常考重点

温庭筠词的风格特点。

▣ 真题演练

【单选题】

(2015 年 10 月全国)温庭筠词的基本风格是(　　)。

A. 秾艳柔婉　　　B. 清丽疏淡　　　C. 自然朴素　　　D. 雅丽深婉

【答案与解析】　A。温庭筠恃才傲物,生活浪漫,他的词专以描写美女与爱情为主要内容,词风秾艳柔婉,意象细腻绵密,韵律流美,尤擅表现精致的官能感受,创构一种窈深幽约词境,令人产生托喻之联想。清丽疏淡同样是温庭筠部分作品的风格,但由于此类作品数量较少,不能称之为基本风格。

知识点 3：韦庄 ☆

▣ 知识点描述

> 韦词以**清疏**著名,不靠华词,不务刻画,**语言自然**而意在言外。由于受其**身世和所处**时代影响,其思乡怀国之作颇多。词亦重在抒情而不强调应歌,感情深挚沉郁。

> 韦庄词的**主要特征**就是将文人词带回到民间作品的**抒情**路线上来。他写词以抒情为主,深入浅出,心曲毕露,故不着力于藻饰,唯将一丝一缕之深情真切地写出。

> 韦庄是词史上第一位大力用**白描**手法作词的作家。

■ **代表作品**

菩 萨 蛮

韦 庄

人人尽说江南好，游人只合江南老。春水碧于天，画船听雨眠。

垆边人似月，皓腕凝霜雪。未老莫还乡，还乡须断肠。

■ **名师解读**

温庭筠和韦庄各自开辟了一种新词风，反映了词由仅供歌伎舞女演唱的"伶工之词"，到抒情写怀的"士大夫之词"的渐变过程。温庭筠词中触目皆见精丽字面和绮丽意象的组合，以及适于花间酒前的香软词境，适应了歌席舞宴的实用需要，具有悦目乐耳、应歌娱人的价值，这对于词在晚唐五代迅速兴起具有决定性意义。而韦庄词摆脱了初期词缘调赋题的束缚，直接抒写情怀意绪，开启了文人词自抒情怀的传统。这不仅是韦词的一大特色，亦为词内容之一大转变，在恢复词的抒情本质、词风趋向自然清丽的过程中，成为南唐词的先导。南唐词将在下一节中具体介绍。

■ **常考重点**

韦庄词的风格特点。

■ **真题演练**

【单选题】

1.（2013 年 4 月全国）下列词句属于韦庄词的是（　　）。

　A. 小山重叠金明灭，鬓云欲度香腮雪

　B. 人人尽说江南好，游人只合江南老

　C. 问君能有几多愁，恰似一江春水向东流

　D. 细雨梦回鸡塞远，小楼吹彻玉笙寒

【答案与解析】　B。"人人尽说江南好，游人只合江南老"出自韦庄《菩萨蛮》。"小山重叠金明灭，鬓云欲度香腮雪"出自温庭筠《菩萨蛮》。"问君能有几多愁，恰似一江春水向东流"出自李煜《虞美人》。"细雨梦回鸡塞远，小楼吹彻玉笙寒"出自李璟《摊破浣溪沙》。

2.（2014 年 4 月全国；2017 年 4 月全国）韦庄词的基本风格是（　　）。

　A. 秾艳香软　　　B. 清丽疏放　　　C. 婉丽绮靡　　　D. 雅丽深婉

【答案与解析】　B。韦词以清疏著名，不靠华词，不务刻画，语言自然而意在言外。由于受其身世和所处时代影响，其思乡怀国之作颇多。词亦重在抒情而不强调应歌，感情深挚沉郁。

牛刀小试

【单选题】

下列关于温庭筠和韦庄词的说法中错误的是(　　)。

A. 温庭筠和韦庄都有清疏的词作

B. 温词比韦词更具歌席舞宴间的实用功能

C. 温词比韦词更常使用白描的手法

D. 韦词比温词更注重情感的直接抒发

【答案与解析】　C。韦词以清疏著名,而温词中也有少量清丽疏淡的作品,A项正确。温庭筠词中触目皆见精丽字面和绮丽意象的组合,以及适于花间酒前的香软词境,适应了歌席舞宴的实用需要,而韦庄词摆脱了初期词缘调赋题的束缚,直接抒写情怀意绪,B项正确。韦庄是词史上第一位大力用白描手法作词的作家,C项错误。温词尤擅表现精致的官能感受,而韦庄词的主要特征是将文人词带回到民间作品的抒情路线上来,D项正确。

【多选题】

晚唐五代词人韦庄的词作特点包括(　　)。

A. 抒情为主,深入浅出　　　　B. 注重藻饰,精雕细琢

C. 自然清丽,常用白描　　　　D. 以疏淡为美

E. 以浓艳见长

【答案与解析】　ACD。韦词以清疏著名,不靠华词,不务刻画。他写词以抒情为主,深入浅出,心曲毕露,故不着力于藻饰,唯将其一丝一缕之深情真切地写出。韦庄是词史上第一位大力用白描手法作词的作家。

第三节　李煜及南唐词人

知识点：李煜和南唐词人 ☆☆

知识点描述

➢ 南唐词人的代表有冯延巳、李璟、李煜。

➢ 冯延巳的词注重心理体验,情致缠绵盘郁,词风雅丽,细腻深婉。

➢ 李煜前期的词写歌舞宴饮的宫廷生活,虽显得华丽,却也流露出真纯的感情。其后期词作,已由对外界事物的描绘转入到内心情感的表白,将自身经历的国破家亡的惨痛遭遇泛化,获得广泛而深刻的关注,表达了对宇宙人生的悲剧性体验与审视,引起历代读者的共鸣。

➢ 李煜后期词的创作特点：写国破家亡的悲伤,抒情色彩浓厚。

■ **代表作品**

虞　美　人

李　煜

春花秋月何时了？往事知多少。小楼昨夜又东风，故国不堪回首月明中！

雕栏玉砌应犹在，只是朱颜改。问君能有几多愁？恰似一江春水向东流。

乌　夜　啼

李　煜

无言独上西楼，月如钩。寂寞梧桐深院锁清秋。

剪不断，理还乱，是离愁。别是一般滋味在心头。

浪　淘　沙

李　煜

帘外雨潺潺，春意阑珊。罗衾不耐五更寒。梦里不知身是客，一晌贪欢。

独自莫凭栏！无限江山，别时容易见时难。流水落花春去也，天上人间！

乌　夜　啼

李　煜

林花谢了春红，太匆匆！无奈朝来寒雨晚来风。

胭脂泪，留人醉，几时重？自是人生长恨水长东。

■ **常考重点**

冯延巳和李煜词的特色；李煜后期词作中的名句。

■ **真题演练**

【单选题】

1.（2013年7月全国；2017年10月全国）冯延巳词的基本风格是（　　　）。

　　A. 浓艳香软　　　　B. 清丽疏放　　　　C. 婉丽绮靡　　　　D. 雅丽深婉

【答案与解析】　D。冯延巳的词注重心理体验，情致缠绵盘郁，词风雅丽，细腻深婉。

2.（2015年4月全国）下列词句属于李煜词的是（　　　）。

　　A. 小山重叠金明灭，鬓云欲度香腮雪

　　B. 风乍起，吹绉一池春水

　　C. 问君能有几多愁，恰似一江春水向东流

　　D. 细雨梦回鸡塞远，小楼吹彻玉笙寒

【答案与解析】　C。"问君能有几多愁，恰似一江春水向东流"出自李煜的《虞美人》。
A项属于温庭筠词，B项属于冯延巳词，D项属于李璟词。

【简答题】

（2014年4月全国）简述李煜后期词的创作特点。

【答案与解析】

（1）写国破家亡的悲伤。

（2）抒情色彩浓厚。

牛刀小试

【单选题】

1. 著名词人冯延巳属于（　　）。

　　A. 中唐词人　　　　B. 西蜀词人　　　　C. 晚唐词人　　　　D. 南唐词人

【答案与解析】　D。冯延巳（903？—960），一名延嗣，字正中，广陵（今江苏扬州）人，有《阳春集》，存词九十余首，词作数量居五代词之首。一冯（冯延巳）二主（李璟、李煜）的作品，向来被视为南唐词的代表。

2. 下列词句不属于李煜词的是（　　）。

　　A. 胭脂泪，留人醉，几时重？自是人生长恨水长东

　　B. 流水落花春去也，天上人间

　　C. 剪不断，理还乱，是离愁。别是一般滋味在心头

　　D. 小山重叠金明灭，鬓云欲度香腮雪

【答案与解析】　D。"小山重叠金明灭，鬓云欲度香腮雪"出自温庭筠的《菩萨蛮》。

模　拟　卷

中国古代文学史（一）模拟卷（一）

（课程代码 00538）

满分 100 分，考试时间 150 分钟。

一、单项选择题：本大题共 30 小题，每小题 1 分，共 30 分。在每小题列出的备选项中只有一项是最符合题目要求的，请将其选出。

1. 李白诗"解道澄江静如练，令人长忆谢玄晖"赞美的作家是（　　）

    A. 谢朓　　　　　　B. 谢玄　　　　　　C. 谢灵运　　　　　　D. 谢惠连

2. 汉乐府民歌《鸡鸣》的内容是（　　）。

    A. 抒写爱情婚姻　　　　　　　　B. 讥刺达官显贵

    C. 倾诉漂泊流荡　　　　　　　　D. 披露战争残酷

3. 屈原《九歌》表达神人之间才结相知、顷刻别离的悲愁的作品是（　　）。

    A.《湘夫人》　　B.《东君》　　C.《国殇》　　D.《少司命》

4. 下列属于《汉书》中人物传记的写作特点的是（　　）。

    A. 挥洒自如　　B. 虚构故事　　C. 摹声绘形　　D. 尚气爱奇

5. 陶渊明诗歌的艺术成就主要在于田园诗的创作和冲淡之美境界的创作，但其诗歌创作还有丰富的多样性，下列作品中，体现这一特点的是（　　）。

    A.《归园田居》　　B.《饮酒》　　C.《咏荆轲》　　D.《形影神》

6. 王昌龄擅长的诗体是（　　）。

    A. 五律　　　　B. 七律　　　　C. 五绝　　　　D. 七绝

7. 贾岛诗歌创作的特点是（　　）。

    A. 以咏史著称　　B. 以苦吟著称　　C. 诗意朦胧　　D. 诗风清丽

8. 以"游仙"为诗名，始于（　　）。

    A. 曹操　　　　B. 曹植　　　　C. 郭璞　　　　D. 孙绰

9. 《春秋》一书经过了孔子的修订，它是（　　）。

    A. 晋国的编年史　　B. 齐国的编年史　　C. 鲁国的编年史　　D. 郑国的编年史

10. 先秦诸子著作中使用寓言最多的是（　　）。

    A.《墨子》　　　B.《孟子》　　　C.《庄子》　　　D.《韩非子》

11. 白居易《秦中吟》10 首为（　　）。

A. 讽谕诗　　　　B. 闲适诗　　　　C. 感伤诗　　　　D. 杂律诗

12. 以下带"兮"字的不同句式中,出于宋玉《九辩》的是(　　　)。

A. 归来兮! 不可以托些

B. 萧瑟兮,草木摇落而变衰

C. 若有人兮山之阿,被薜荔兮带女萝

D. 路漫漫其修远兮,吾将上下而求索

13. 刘向奏疏文的共同特点是(　　　)。

A. 自然清丽,悠然自适　　　　B. 反复诘难,富于激情

C. 结构严整,逻辑清晰　　　　D. 气度宏伟,韵律谐和

14. 《老子》的文学特色是(　　　)。

A. 气势丰沛　　　B. 朴素质实　　　C. 韵散结合　　　D. 情韵并类

15. 《古诗十九首》"迢迢牵牛星"表现的是(　　　)。

A. 思乡怀人　　　B. 闺思愁怨　　　C. 游宦的挫折　　　D. 人生的失意

16. 下列诗句出自《古诗十九首》的是(　　　)。

A. 嘉会难再遇,三载为千秋　　　　B. 迴车驾言迈,悠悠涉长道

C. 人生无几时,颠沛在其间　　　　D. 浮云起高山,悲风激深谷

17. 曹丕的《燕歌行》是(　　　)。

A. 四言诗　　　B. 五言诗　　　C. 七言诗　　　D. 杂言诗

18. 以下句子出自《弹歌》的是(　　　)。

A. "断竹、续竹、飞土、逐宍"

B. "贲如、皤如、白马、翰如"

C. "女承筐,无实;士刲羊,无血"

D. "土反其宅,水归其壑,昆虫毋作,草木归其泽"

19. 王绩的代表作《野望》的艺术风格是(　　　)。

A. 平淡自然　　　B. 婉媚工整　　　C. 清丽秀逸　　　D. 音韵清亮

20. 卢思道诗歌的代表作《从军行》的风格特点是(　　　)。

A. 重词采　　　B. 重气质　　　C. 重格律　　　D. 重理致

21. 东汉后期王符"志意蕴愤"的著作是(　　　)。

A.《昌言》　　　B.《潜夫论》　　　C.《论衡》　　　D.《盐铁论》

22. 今存魏晋南北朝志人小说有《世说新语》和(　　　)。

A.《西京杂记》　　B.《搜神记》　　C.《续齐谐记》　　D.《拾遗记》

23. 贾谊"骚体赋"的创作特色是(　　　)。

A. 写物图貌　　　B. 以美为讽　　　C. 抒情述志　　　D. 劝百讽一

24. 南朝乐府民歌中艺术水平最高的作品是( )。

    A.《华山畿》   B.《西洲曲》

    C.《子夜四时歌》   D.《懊侬歌》

25. 蔡邕《述行赋》的创作意图是( )。

    A. 描摹形胜   B. 吊古伤今   C. 模山范水   D. 咏物寓意

26. 曹操《蒿里行》的创作特点是( )。

    A. 借古题以写新事   B. 用新题以写旧事

    C. 描写山水   D. 描写田园

27. 太康诗人中存诗最多的作家是( )。

    A. 张华   B. 陆机   C. 潘岳   D. 傅玄

28. 冯衍免官回归故里后所作赋是( )。

    A.《北征赋》   B.《显志赋》   C.《通幽赋》   D.《述行赋》

29. 杜审言《和晋陵陆丞早春游望》诗的特色是( )。

    A. 寓意凄婉   B. 丰满圆融   C. 苍劲奔放   D. 缠绵悱恻

30.《国语》的文风特点是( )。

    A. 质朴平实   B. 艳富浮夸   C. 佶屈聱牙   D. 辩丽恣肆

二、多项选择题：本大题共 5 小题，每小题 2 分，共 10 分。在每小题列出的备选项中至少有两项是符合题目要求的，请将其选出，错选、多选或少选均无分。

31. 唐传奇的创作特点主要有( )。

    A. 人物形象栩栩如生   B. 故事情节曲折，引人入胜

    C. 语言凝练传神、华实相扶   D. 题材丰富多彩

    E. 有意识地写作小说的开端

32. 顾况诗歌的特点包括( )。

    A. 受民歌影响   B. 通俗明快

    C. 有怪奇狂放的风格   D. 高雅闲淡

    E. 以七绝著称

33.《史记》刻画人物性格常用的艺术手法有( )。

    A. 用独白写心理揭示人物性格   B. 通过人物的言行表现其性格

    C. 以传神的细节凸现人物性格   D. 以对比衬托突出人物的特点

    E. 在特定环境中展示人物性情

34. 下列选项中，属于李白绝句的艺术特点的有( )。

    A. 发兴无端   B. 气势凌厉

    C. 自然明快   D. 蕴涵深长

E. 华美典雅

35.《诗经》大致可以分为(　　　　)。

A. 政治讽喻诗　　　　　　　　B. 农事诗

C. 闲适诗　　　　　　　　　　D. 婚恋诗

E. 史诗

三、名词解释题：本大题共 4 小题，每小题 3 分，共 12 分。

36. 敦煌曲子词

37. 兴

38. 志怪小说

39. 贞观诗坛

四、简答题：本大题共 4 小题，每小题 5 分，共 20 分。

40. 简述"大历十才子"诗歌的特色。

41. 简述庾信赋的特点。

42. 简述司马相如《天子游猎赋》的创作特点。

43. 简述刘向《新序》《说苑》的文学价值。

五、论述题：本大题共 2 小题，每小题 14 分，共 28 分。

44. 杜诗的集大成体现在哪些方面？联系作品进行具体论述。

45. 试以具体作品为例，论述《左传》的叙事艺术。

模拟卷（一）参考答案与解析

一、单项选择题：本大题共 30 小题，每小题 1 分，共 30 分。

1.【答案与解析】 A。谢朓，字玄晖，可知诗中的谢玄晖指的是谢朓。谢朓的诗歌在齐梁诗坛首屈一指。他不但创造了一种明丽清新的诗歌格调，而且革除了以往山水诗中的玄思哲理，达到了情景交融的地步。因此他在当时就名满天下。唐代诗人李白、杜甫亦极为推崇小谢。李白说："解道澄江静如练，令人长忆谢玄晖。"

2.【答案与解析】 B。汉乐府民歌咏唱那些与百姓生活息息相关、感受深刻的生活内容。有讥刺达官显贵的诗，如《鸡鸣》《相逢行》《长安有狭斜行》等。它们描写贵族的显贵、浮夸和奢侈，颇具漫画意味。

3.【答案与解析】D。本题考查《九歌》中作品的主题。A：《湘夫人》写湘水之神相互爱慕追求却终于不遇的波折变化的心境。B：《东君》是祭祀日神的诗，表达了对太阳的崇拜与歌颂。C：《国殇》颂悼楚国战士为国捐躯的高尚志节。正确答案为 D。

4.【答案与解析】 C。《汉书》叙事平实稳健，文章组织严谨，语言典雅凝练，不失为史传文的典范。即使从文学角度说，《汉书》也有不少人物传记，能够在短幅片段之中摹声绘形，传达人物的神貌和性格。

5.【答案与解析】 C。陶渊明诗歌的艺术成就主要在于田园诗的创作和冲淡之美境界的创作，但其诗歌创作还有丰富的多样性。正如鲁迅所说的，陶渊明并非浑身"静穆"，也还有"精卫衔微木，将以填沧海。刑天舞干戚，猛志固常在"之类的"金刚怒目"式（《题未定草》六、七）。如《咏荆轲》就是一例。

6.【答案与解析】 D。真正以七绝闻名的诗人是王昌龄。王昌龄，字少伯，京兆万年（今陕西西安）人，王昌龄性格豪爽，长于五言；而思致缜密，讲究作法，又宜于短章（绝句）而不宜长篇（律诗）。

7.【答案与解析】 B。在晚唐社会与文学的大背景下，有相当一部分诗人不满现实，为了平衡自己的烦乱心理，出现了以苦吟的态度作诗之人，代表人物是贾岛与姚合。

8.【答案与解析】 B。游仙诗的渊源可以上溯到先秦，《远游》中更有直接的语言表述，而以"游仙"为诗名，则始于曹植《游仙诗》。

9.【答案与解析】 C。《春秋》是鲁国的编年史，经过了孔子的修订。孔子修订《春秋》颇有深意，他以谨严的书法和微言大义，暗寓褒贬，表达尊王攘夷、正名定分、维护统一等思想。

10.【答案与解析】 D。韩非散文最具文学色彩的是他的寓言。《韩非子》是先秦诸子著作中使用寓言最多的。

11.【答案与解析】 A。白居易最看重自己的讽谕诗,他的《秦中吟》10 首、《新乐府》50 首便是在这一理论的指导下创作的。

12.【答案与解析】 B。本题考查楚辞作品中的名句出处。A 项出自屈原的《招魂》,B 项出于宋玉的《九辩》,C 项出屈原的《九歌·山鬼》,D 项出屈原的《离骚》。正确答案为 B。

13.【答案与解析】 C。刘向的奏疏文的共同特征是:结构严谨,逻辑清晰,往往先以正论开篇,继之以反证,然后总结观点,最后落脚在所针对的时事之上。

14.【答案与解析】 C。《老子》是道家学派的开山著作,篇幅简短,文学价值并不甚高,有两点可注意:一是形象化的说理,二是语句上的韵散结合。《老子》的语句简短而比较整齐,有的整章用韵,有的韵散相间。

15.【答案与解析】 B。本题考查的是《迢迢牵牛星》的主题。此诗借神话传说中牛郎、织女被银河阻隔而不得会面的悲剧,抒发了女子离别相思之情,写出了人间夫妻不得团聚的悲哀。故选 B。

16.【答案与解析】 B。A 项属于《别诗三首/与苏武》;B 项属于《迥车驾言迈》,是《古诗十九首》之一;C 项属于《古诗五首 其三》;D 项属于秦嘉的《赠妇诗三首》。

17.【答案与解析】 C。本题考查的是《燕歌行》体裁。曹丕对七言诗的发展有重大贡献,其代表作是《燕歌行》,这是今存最早的一首完整的七言诗。故选 C。

18.【答案与解析】 A。本题考查初民歌谣语句的出处。BC 项出自《周易》,D 项出自《蜡辞》,记载于《礼记》,故排除 BCD。《弹歌》("断竹,续竹,飞土,逐宍。")相传为黄帝时所作。故本题选 A。

19.【答案与解析】 A。王绩的代表作《野望》以平淡自然的话语表现自己的生活情感,写得相当真切,有一种不施脂粉的朴素美。诗作描写山野秋晚田家归来之景,闲逸中带有无所倚赖的苦闷和惆然。但这种平淡自然的隐逸之风,是易代之际大都会有的,并不构成初唐诗发展的一个环节。

20.【答案与解析】 B。本题考查隋代南北文学的合流。卢思道是北方诗人,重气质,这从"从军"的军旅题材也能看出,选 B。

21.【答案与解析】 B。本题考查王符的作品。《昌言》的作者是仲长统;《论衡》的作者是王充;《盐铁论》的作者是桓宽,故排除。正确答案为 B。

22.【答案与解析】 A。志人小说在魏晋南北朝甚为流行,但今存数量不多,比较有代表性的是《笑林》《西京杂记》《语林》《郭子》《俗说》《小说》、刘义庆《世说新语》等。这些著作了《西京杂记》和《世说新语》外,都已散佚。

23.【答案与解析】 C。抒情述志、情感浓郁,是贾谊骚体赋内涵上的重要特色,这一点与楚辞有明显的承继关系,而与后来的大赋有别。

24.【答案与解析】 B。本题考查的是南朝的乐府民歌。南朝乐府民歌艺术水平最高者为收在《乐府诗集·杂曲歌辞》中的《西洲曲》。故选 B。

25.【答案与解析】 B。蔡邕，学问渊博，精通经史、音律，擅长书法，工于辞章。《述行赋》是其辞赋的代表。作品记叙途中所见，又借古讽今，抒发郁愤不平之情，批评的矛头直指最高统治集团。这篇骚赋，前半吊古，后半伤今，层次清晰而意图明确。

26.【答案与解析】 A。曹操多用乐府旧题，叙汉末实事，即借古题以写新事，其《蒿里行》写诸侯起兵伐董卓而内讧之事，生动地再现了当时民生凋敝的苦难现实，被评为"汉末实录，真诗史也"。故选 A。

27.【答案与解析】 B。太康诗人中存诗最多的作家是陆机，今存 107 首。

28.【答案与解析】 B。《北征赋》作者为班彪；《显志赋》作者为冯衍；《通幽赋》作者为班固；《述行赋》作者为蔡邕。故选 B。

29.【答案与解析】 B。《和晋陵陆丞早春游望》是杜审言最有名的五律，把江南早春清新秀美的景色写得极为真切，由此引起的浓厚的思乡之情，完全融入明秀的诗境中，显得极为高华雄浑。"云霞出海曙，梅柳渡江春"生动地写出了春的气息，给人以华妙超然之感外，整首诗所体现出的丰满圆融之美，也颇具特色。

30.【答案与解析】 A。《国语》是我国现存的第一部国别史。《国语》的整体风貌质朴平实。

二、多项选择题：本大题共 5 小题，每小题 2 分，共 10 分。

31.【答案与解析】 ABCDE。

（1）唐传奇题材丰富，美不胜收。

（2）在人物描写方面，唐传奇善于通过对话和行动的具体描绘来表现人物的性格特征；善于通过对比、烘托，使人物形象更加丰满；善于运用细节描写、肖像描写和心理刻画，更细致深入地展现人物性格的复杂性，等等。因此，唐传奇塑造了众多的、栩栩如生的人物形象。

（3）在情节结构的安排方面，不少唐传奇都做到了波澜起伏，严密完整，引人入胜。

（4）在语言运用方面，唐传奇主要用散体古文，兼用通俗口语和骈文技巧，并大量插入诗歌，具有华实相扶、凝练传神的特点。

（5）唐代传奇是我国文学史上有意识地写作小说的开始，它的产生，标志着中国小说的发展已渐趋成熟。

32.【答案与解析】 ABC。顾况的诗，无论古体还是今体，都受着江南民歌的明显影响，格调通俗明快，语言则有如白话。他的诗又常常俗中有奇，有怪奇的想象、怪奇的比喻，而且充满狂放之气。除想象过人之外，章法结构也纵横有致，出人意表。他的诗已预示了贞元、元和年间元白、韩孟两大诗派的共同特点。其通俗坦易的一面，影响了元白诗派；其纵横不羁的奇异一面,为韩孟诗派所继承而变本加厉。

33.【答案与解析】 ABCDE。《史记》刻画人物性格的几种经典手法:

(1)以个性化的语言表现人物性格;

(2)人物之间的对比衬托(用对比衬托的方法,突出人物的性格特点);

(3)在特定环境中凸显人物性情;

(4)以细节描写和心理描写凸显人物某方面的精神风貌,其中揭示人物心理的方式有人物独白、他人语言和作者直接点拨。

34.【答案与解析】 CD。李白诗有自然明快的优美情韵,这主要体现在他那些随口而发、颇多神来之笔的绝句里。李白的绝句体制短小,话语极为明白易晓,景物也很简单,蕴涵却委曲深长。

35.【答案与解析】 ABDE。《诗经》大致可以分为:婚恋诗、抒发多种人生感慨的诗、政治讽喻诗、史诗、农事诗等。

三、名词解释题:本大题共 4 小题,每小题 3 分,共 12 分。

36.【答案】 曲子词是唐五代兴起的一种音乐文学,敦煌曲子词20世纪初在敦煌莫高窟被发现。它是民间词,反映了早期民间词所特有的思想感情与素朴风格,富于生活气息。敦煌曲子词中有相当一部分为唐代歌伎所作,体现了女性词的审美特质。

37.【答案】 朱熹曾解释为"先言他物以引起所咏之词也",是《诗经》的表现手法之一。兴就是起兴或发端,一般处在一首诗或一章诗的开头位置。其与诗歌的情思关系有相关和不相关两种情形,相关时起烘托氛围作用,不相关时作用只在起韵。

38.【答案】 志怪小说:

(1)所谓"志怪",即杂谈神仙鬼怪者,起于魏晋南北朝。

(2)受巫、方士和佛教中佛经故事的影响,志怪之书特多,但大多已散佚。

(3)今存干宝《搜神记》较为完整。

39.【答案】 贞观年间,唐太宗李世民为诗坛盟主,在他身边,聚集了一大批文士诗人,包括虞世菊、上官仪。贞观诗风受南朝诗风影响,重声律辞采。

四、简答题:本大题共 4 小题,每小题 5 分,共 20 分。

40.【答案】

(1)追求清雅闲淡的艺术风格;

(2)诗歌语言多带有凄清、寒冷、萧瑟乃至暗淡的色彩;

(3)意象多由生活中常见的山峰、寒雨、落叶、灯影、苍苔等组成,刻画精巧细致。

41.【答案】

(1)庾信在南朝的赋作都是绮丽柔靡之作。

(2)入北以后,庾信的赋作一改旧辙,虽精工不减,格调却苍凉悠远。

（3）入北后创作出赋史上的千古绝唱《哀江南赋》,抒情咏史,情深辞工,用典密而切,音韵谐而畅。

42.【答案】

（1）采用问难的结构、整齐排偶的句式。

（2）丧失了真情实感。

（3）空间的极度排比。

（4）以直接而单纯的铺叙摹绘为主要表现手法。

（5）遣词用语更加繁难僻涩。

43.【答案】

（1）采集群书中的逸闻琐事,以简短笔墨,描写人物言行,传达其形貌和精神。

（2）逸闻琐事成为独立故事,对后来的文言小说(尤其是志人小说)产生了影响。

五、论述题：本大题共 2 小题,每小题 14 分,共 28 分。

44.【答案】

杜诗的集大成体现在：

（1）虚心学习前人经验,不薄今人爱古人。杜诗的叙事和写实,显然受到《诗经》和汉乐府的影响,其爱国忧民、坚持正义的精神,又是对屈原《离骚》的继承。具体表现为对屈赋为代表的楚辞诗句语词的直接运用和点化上。在五言古诗写作中,他接受了王粲、曹植、陶渊明等诗人的影响。

（2）作诗兼备众体,风格多样化。杜甫擅长诗歌体裁,并能推陈出新。他的五言古诗穷极笔力,充分扩充境界,由十韵而扩展至五十韵,又再扩展为七十韵的巨制。杜诗风格崇尚绮丽、清新,后来向沉郁、老成发展,形成沉郁顿挫的主导风格,还有萧散自然、平淡简易和含蓄委婉等诸多变化。

（3）功力深厚,能自铸伟辞。杜甫在《江上值水如海势聊短述》中说：“为人性僻耽佳句,语不惊人死不休。老去诗篇浑漫与,春来花鸟莫深愁。”由于注重诗歌语言的锤炼,他的诗歌里往往有非常美丽或精警的句子,如“细雨鱼儿出,微风燕子斜”等。

45.【答案】

《左传》的叙事艺术主要表现在两个方面：一是富有文学表现力的剪裁功夫;二是采用全知叙事视角。

文学性的剪裁,是指在保证真实叙述历史事件的基础上,通过史料的取舍、叙述的详略,使历史事件故事化、情节化。例如宣公二年的《郑败宋师获华元》,记载宋、郑两国间的一次战事,开头只以极简练的文字交代了时间、地点和结局,而后则以大部分篇幅细写战事前后的几件趣事：狂狡如何反遭俘虏,羊斟如何衔私报复——这样的记录,不但反映出宋军战败的某些因素,更增加了文章的故事性和趣味性。

采用全知叙事视角,即站在亲历事件的角度来叙述事件,这样既可以保证历史事件叙述的真实和亲切,也便于引入一些细节描写和人物语言描写,从而增加事件的故事性和意趣,避免缺乏情趣与形象的枯燥乏味的流水账式的史事记述。如《晋楚城濮之战》,不仅有战前谋划,还有对于战争的细致描写,两军的阵势、将帅,各路兵马的战况,如在眼前,添加了曲折的故事意味。

中国古代文学史（一）模拟卷（二）

（课程代码 00538）

满分 100 分，考试时间 150 分钟。

一、单项选择题：本大题共 **30** 小题，每小题 **1** 分，共 **30** 分。在每小题列出的备选项中只有一项是最符合题目要求的，请将其选出。

1. 《韩非子》说理文的特点是（　　）。
   A. 气势磅礴　　　B. 铺张扬厉　　　C. 奇幻诡谲　　　D. 冷峻峭拔

2. 左思、刘琨的诗风是（　　）。
   A. 绮丽　　　　　B. 平淡　　　　　C. 典雅　　　　　D. 刚健

3. 建安七子中，孔融的文学成就主要在于（　　）。
   A. 诗歌　　　　　B. 辞赋　　　　　C. 散文　　　　　D. 章表

4. 邯郸淳《笑林》属于（　　）。
   A. 志人小说　　　B. 志怪小说　　　C. 历史传记　　　D. 唐人小说

5. 玄言诗创作的成熟时期是（　　）。
   A. 建安时期　　　B. 正始时期　　　C. 西晋时期　　　D. 东晋中期

6. 最能代表谢灵运诗歌创作成就的是（　　）。
   A. 山水诗　　　　B. 咏物诗　　　　C. 乐府诗　　　　D. 新体诗

7. 隋代诗人虞世基属于（　　）。
   A. 北齐旧臣　　　B. 北周旧臣　　　C. 北朝文士　　　D. 南朝文士

8. 卢照邻的诗歌《长安古意》属于（　　）。
   A. 律诗　　　　　B. 绝句　　　　　C. 乐府　　　　　D. 歌行

9. 晋代山水赋的代表作者是（　　）。
   A. 郭璞、孙绰　　B. 张华、傅玄　　C. 潘岳、陆机　　D. 左思、挚虞

10. 张若虚、刘希夷的诗歌创作的最大贡献是（　　）。
    A. 题材的拓展　　B. 格律的确定　　C. 兴寄的强调　　D. 意境的创造

11. 王昌龄的诗《长信秋词五首》属于（　　）。
    A. 山水诗　　　　B. 边塞诗　　　　C. 咏史诗　　　　D. 宫怨诗

12. 白居易的诗《暮江吟》为（　　）。
    A. 讽喻诗　　　　B. 闲适诗　　　　C. 伤感诗　　　　D. 杂律诗

13. 下列各篇最能反映屈原爱国情感的是（　　）。

A. 《山鬼》　　　　B. 《离骚》　　　　C. 《天问》　　　　D. 《云中君》

14. 《左传》的叙事特点是(　　)。

A. 微言大义　　　B. 全知叙事　　　C. 连类引譬　　　D. 翔实平妥

15. "感于哀乐,缘事而发"一语评价的是(　　)。

A. 汉乐府　　　　B. 《史记》　　　　C. 汉大赋　　　　D. 《汉书》

16. 《天子游猎赋》所体现的司马相如的创作心态是(　　)。

A. 抒情述志　　　B. 逞才炫耀　　　C. 发愤指弊　　　D. 劝善惩恶

17. 《越绝书》的作者是(　　)。

A. 赵晔　　　　　B. 枚乘　　　　　C. 班彪　　　　　D. 袁康

18. 屈原《九歌》中通用的送神曲是(　　)。

A. 《东皇太一》　B. 《国殇》　　　C. 《东君》　　　D. 《礼魂》

19. "悟已往之不谏,知来者之可追"出自陶渊明的(　　)。

A. 《感士不遇赋》　　　　　　　　B. 《归去来兮辞》

C. 《闲情赋》　　　　　　　　　　D. 《咏史述》

20. 南朝骈赋作品中,被《南齐书·文学传论》评为"雕藻淫艳,倾炫心魂"的是(　　)。

A. 鲍照《芜城赋》　　　　　　　　B. 庾信《小园赋》

C. 江淹《恨赋》　　　　　　　　　D. 梁元帝《采莲赋》

21. 《墨子》散文的突出特点是(　　)。

A. 逻辑严密,行文质朴　　　　　　B. 浩然正气,雄辩风采

C. 谬悠之说,荒唐之言　　　　　　D. 明切犀利,冷峻峭拔

22. 董仲舒政论散文的写作特点是(　　)。

A. 引经据典　　　B. 浅切通俗　　　C. 纵横排宕　　　D. 富于激情

23. 桓宽《盐铁论》的散文风格是(　　)。

A. 气势丰沛　　　B. 形象生动　　　C. 铺排夸丽　　　D. 质直平实

24. 张衡的《二京赋》属于(　　)。

A. 纪行赋　　　　B. 咏物赋　　　　C. 大赋　　　　　D. 抒情小赋

25. 在文学史上,嵇康属于(　　)。

A. 建安诗人　　　B. 太康诗人　　　C. 永嘉诗人　　　D. 正始诗人

26. 太康诗人潘岳最擅长的是(　　)。

A. 怀古诗　　　　B. 悼亡诗　　　　C. 游仙诗　　　　D. 咏史诗

27. "少壮不努力,老大徒伤悲"的出处是(　　)。

A. 汉乐府《古歌》　　　　　　　　B. 汉乐府《长歌行》

C. 汉乐府《江南》　　　　　　　　D. 汉乐府《相逢行》

28. 下列词句属于韦庄词的是(　　)。

A. 小山重叠金明灭，鬓云欲度香腮雪

B. 人人尽说江南好，游人只合江南老

C. 问君能有几多愁，恰似一江春水向东流

D. 细雨梦回鸡塞远，小楼吹彻玉笙寒

29. "揠苗助长"寓言出自(　　)。

A.《老子》　　　　B.《庄子》　　　　C.《孟子》　　　　D.《韩非子》

30. "相鼠有皮，人而无仪。人而无仪，不死何为"出自(　　)。

A.《九章》　　　　　　　　　　B.《周易》

C.《古诗十九首》　　　　　　　D.《诗经》

二、多项选择题：本大题共 5 小题，每小题 2 分，共 10 分。在每小题列出的备选项中至少有两项是符合题目要求的，请将其选出，错选、多选或少选均无分。

31. 下列赋作家属于东汉时期的有(　　)。

A. 班固　　　　　B. 扬雄　　　　　C. 张衡　　　　　D. 蔡邕

E. 王褒

32. 许浑诗歌创作的特点有(　　)。

A. 以五律、七律为主　　　　　　B. 怀古咏史诗较为出色

C. 以苦吟著称　　　　　　　　　D. 善于写水

E. 有句无篇

33. 下列作品属于志怪小说的有(　　)。

A.《博物志》　　B.《搜神记》　　　C.《幽明录》　　　D.《拾遗记》

E.《续齐谐记》

34. 下列诗人的籍贯同属今河南省的有(　　)。

A. 曹操　　　　　B. 阮籍　　　　　C. 嵇康　　　　　D. 潘岳

E. 庾信

35. 下列传奇小说中以侠客为题材的作品有 (　　)。

A.《柳毅传》　　B.《谢小娥传》　　C.《裴航》　　　D.《聂隐娘》

E.《虬髯客传》

三、名词解释题：本大题共 4 小题，每小题 3 分，共 12 分。

36. 新体诗

37.《诗经》

38. 苦吟

39. 神话

四、简答题：本大题共 4 小题，每小题 5 分，共 20 分。

40. 简述《吴越春秋》的文学成就。

41. 简述杜甫诗歌的诗史性质。

42. 简述张衡《二京赋》的创作特色及其贡献。

43. 简述蔡琰《悲愤诗》的艺术成就。

五、论述题：本大题共 2 小题，每小题 14 分，共 28 分。

44. 试论韩愈诗歌的艺术特点。

45. 试以具体作品为例，论述柳宗元文学散文的艺术风格。

模拟卷（二）参考答案与解析

一、单项选择题：本大题共 30 小题，每小题 1 分，共 30 分。

1. 【答案与解析】　D。韩非，战国末韩国公子。韩非子的说理文，明切犀利，冷峻峭拔，而极善分析，条理严密，议论透彻，在先秦说理文中自成一格。

2. 【答案与解析】　D。西晋诗坛的主潮是太康诗风，但也有少数诗人舍弃追求华美与技巧，注重内心真实感情的抒发，形成一种不事雕饰，慷慨悲歌的刚健诗风，是建安诗歌精神的继承与发展。其代表诗人即左思与刘琨。

3. 【答案与解析】　C。建安七子指东汉末年建安时期的七位作家，他们分别是：孔融、王粲、刘桢、陈琳、阮瑀、徐干、应玚。其中，孔融的主要成就是散文。

4. 【答案与解析】　A。魏晋南北朝出现的记录人物奇闻逸事的志人小说，著名的有郭颁《魏晋世语》、邯郸淳《笑林》等。

5. 【答案与解析】　D。玄言诗发端自魏正始时代，东晋中期是其成熟和高潮期，东晋末式微。

6. 【答案与解析】　A。谢灵运改变了山水在诗中的地位，奠定了中国山水诗写实的雏形。从此，山水诗正式成为诗歌创作的一个重要领域。故选 A。

7. 【答案与解析】　D。虞世基是南朝诗人中的后起之秀，是南朝文士中较有名望的一位，曾写过《出塞二首》等较好的作品。

8. 【答案与解析】　D。《长安古意》是唐代诗人卢照邻创作的一首七言古诗，这是卢照邻的代表作，也是初唐七言歌行的代表之一。此诗托古意而写今情，展现了当今长安社会生活的广阔画卷。

9. 【答案与解析】　A。晋代山水赋的代表作家当推郭璞和孙绰。此外两晋赋坛成就卓著的作家还有：张华、陆云、潘岳、陆机。

10. 【答案与解析】　D。张若虚和刘希夷在诗歌意境创造上取得的进展，表明唐诗意境的创造已经进入炉火纯青的阶段。因此张若虚、刘希夷对诗歌创作的最大贡献是意境的创造。

11. 【答案与解析】　D。《长信秋词五首》是唐代诗人王昌龄的组诗作品。这五首七绝以凄婉的笔调，运用心理描写以及对比手法，从不同角度表明失宠宫妃的苦闷幽怨之情。这组诗是宫怨诗中的佳作。

12. 【答案与解析】　D。白居易的杂律诗中流传较广的是一些写山水风光和友情的作品，如《暮江吟》。

13. 【答案与解析】　B。《离骚》是屈原自叙生平的长篇抒情诗，他的情感和思想都熔铸在其中。尽管屈原也有过"将远逝以自疏"的想法,当他"临睨夫旧乡"之时,强烈的爱国感情还是促使他"蜷局顾而不行",最终决定"既莫足与为美政兮,吾将从彭咸之所居",以死殉国,集中、鲜明地体现着屈原深厚挚的爱国情感。这是《离骚》最令人感佩的主题之一。

14.【答案与解析】 B。《左传》叙事的文学色彩主要表现在文学性的剪裁和采用全知叙事视角两个方面。在写人方面虽然奠定了史传文学塑造人物的基本艺术规则,但是它的写人并不成熟,类型化人物明显多于性格化人物。其辞令大都理由充足,言辞婉转伶俐,是《左传》最耀眼的部分之一。

15.【答案与解析】 A。汉代乐府民歌的创作精神,与《诗经》的周民歌一脉相承,"感于哀乐,缘事而发",情感真挚浓郁,风格平实朴直。

16.【答案与解析】 B。《天子游猎赋》的根本特色不在于抒情述志,而在于逞竞才学和炫耀文字。

17.【答案与解析】 D。东汉时期,《汉书》而外,出现了一些杂史类的历史散文,以赵晔《吴越春秋》和袁康《越绝书》最为知名。

18.【答案与解析】 D。《九歌》包括《东皇太一》《云中君》《湘君》《湘夫》《大司命》《少司命》《东君》《河伯》《山鬼》《国殇》《礼魂》,共11篇。这是一组祭神的歌曲,除《礼魂》为组曲通用的送神曲外,每首歌都主祭一神。故选D。

19.【答案与解析】 B。《归去来兮辞》"归去来兮,田园将芜胡不归?既自以心为形役,奚惆怅而独悲?悟已往之不谏,知来者之可追……"

20.【答案与解析】 A。鲍照《芜城赋》写广陵城的盛衰兴废之变,全篇对比强烈,震撼人心;铺张扬厉,极力渲染;对仗工整,抑扬铿锵;辞藻绚烂,撩乱耳目:被评为"雕藻淫艳,倾炫心魂"(《南齐书·文学传论》),毫不为过。

21.【答案与解析】 A。《墨子》文章的特点:(1)由小及大,连类比譬,逐层推理。文章逻辑严密,说服力强;(2)质朴无华,造句遣词口语化,行文素朴质实。

22.【答案与解析】 A。董仲舒,《春秋》公羊学派大师,景帝博士。董仲舒在汉世"为群儒首",对推尊儒术尤其是今文经术贡献甚大。其文章的特点是,推衍《春秋》天人相感、阴阳灾异思想,逻辑严密,引经据典,冷静沉稳,完全没有了西汉初期散文的纵横排宕之气。

23.【答案与解析】 D。桓宽编纂的《盐铁论》虽是政论,但不滥说灾异,不频引经典,而往往以史为鉴,直切时事和政策,与当时的主体文风不同。全书采用对话体,诘难辩驳,简洁犀利,行文质直平实,但是缺少汉初政论文的丰沛气势。

24.【答案与解析】 C。《二京赋》是张衡著名的大赋作品,是汉代大赋的绝响。故选C。

25.【答案与解析】 D。建安时代结束后,新一代诗人阮籍、嵇康相继出现,标志着正始诗歌时代的新阶段。故选D。

26.【答案与解析】 B。潘岳的诗歌在追求辞藻绮丽方面与陆机相同，被誉为"烂若舒锦"。潘岳的悼亡诗赋写得最好。他虽然不是一个情操高尚的人，但却是一个极重感情的人。

27.【答案与解析】 B。汉乐府民歌中表达人生哲理的作品如《长歌行》：青青园中葵，朝露待日晞。阳春布德泽，万物生光辉。常恐秋节至，焜黄华叶衰。百川东到海，何时复西归。少壮不努力，老大徒伤悲！

28.【答案与解析】 B。本题考查唐五代词的名句作者。B项出自韦庄《菩萨蛮》，错误选项的出处依次为：A温庭筠《菩萨蛮》；C李煜《虞美人》；D李璟《摊破浣溪沙》。

29.【答案与解析】 C。本题考查的是对《孟子》文章特点及内容的掌握。《孟子》善于以典型事例、比喻和寓言说理。使用寓言说理的例子，如"五十步笑百步"（《孟子·梁惠王上》），"揠苗助长"（《孟子·公孙丑上》）等。故本题选C。

30.【答案与解析】 D。《诗经·鄘风·相鼠》：相鼠有皮，人而无仪！人而无仪，不死何为？相鼠有齿，人而无止！人而无止，不死何俟？相鼠有体，人而无礼，人而无礼！胡不遄死？相鼠有皮的意思是，看看老鼠尚且有皮。旧指人须知廉耻，要讲礼义。

二、多项选择题：本大题共 5 小题，每小题 2 分，共 10 分。

31.【答案与解析】 ACD。扬雄和王褒都是西汉时期的赋作家。班固、张衡、蔡邕都是东汉时期著名的赋作家，他们的代表作品分别是：《幽通赋》《思玄赋》《述行赋》。这些作品，或纪行以发感慨，或述志以见情怀，抒情意味浓厚。

32.【答案与解析】 ABD。许浑今存诗 400 余首，以五律、七律为主，无一古体，怀古咏史诗所占比重虽然不大，却是较为出色的部分。因善于写水，有"许浑千首湿"之说。

33.【答案与解析】 ABCDE。志怪小说晋代比较有代表性的是《博物志》和《搜神记》，南北朝比较著名的是《异苑》《幽明录》《续齐谐记》《拾遗记》。这些作品都对后世小说产生了一定的影响。

34.【答案与解析】 BDE。(1)曹操，字孟德，今安徽亳州市人，是中国历史上著名的政治家、军事家和文学家。(2)阮籍，字嗣宗，今河南尉氏人，阮瑀之子。(3)嵇康，字叔夜，今安徽宿州市人。(4)潘岳，字安仁，今河南中牟人。(5)庾信，字子山，祖籍南阳新野（今属河南），祖上避永嘉之乱迁往南方。故本题应选 BDE。

35.【答案与解析】 BDE。《谢小娥传》《聂隐娘》《虬髯客传》是以侠客为题材的唐代传奇小说。《柳毅传》和《裴航》是以爱情为题材的作品。

三、名词解释题：本大题共 4 小题，每小题 3 分，共 12 分。

36.【答案】 永明体又称新体诗，南朝齐梁时期的诗体，创四声八病声律说。

37.【答案】《诗经》是中国第一部诗歌总集，收录了自西周初年至春秋中叶五个多世纪的诗歌，共305篇。分为风、雅、颂三类。

38.【答案】 苦吟是中晚唐时期诗歌创作的特点，注重造语炼字，追求构思的奇特，语言的生新。代表诗人有孟郊、李贺、贾岛、姚合。

39．【答案】

（1）一般地说，神话是关于神的故事；

（2）神话都是想象或幻想的；

（3）神话反映着远古人类解释自然（或社会）并征服自然（或社会）的愿望；

（4）神话只能产生在史前的远古时代，它是人类还没有能力对自然现象和社会现象作出符合实际的解释之时代的产物。

四、简答题：本大题共 4 小题，每小题 5 分，共 20 分。

40．【答案】

（1）在记录历史中加入虚构和传说，编写故事。

（2）刻画人物手法细腻传神，人物形象生动鲜明。

（3）对传奇小说产生了深远影响。

41．【答案】

（1）杜甫诗歌反映安史之乱前后的动乱，是时代的一面镜子，具有史的认识价值。

（2）杜甫诗歌提供了具有史的意义的广阔具体的生活画面，写个人、家庭的苦难遭遇及内心世界，反映普遍的社会心理。

42．【答案】

（1）除描绘苑囿、田猎、宫室等外，还把商贾、游侠、辩士以及街市、百戏等市井万象写入赋中，展示了一幅都市生活全景图。

（2）铺陈胪列，细致描绘，规模、容量和篇幅都超过前人。

（3）成为汉代大赋的绝响。

43．【答案】

（1）一位女诗人在亲身经历基础上创作的长篇叙事诗，其感情描写、心理活动的刻画真实、细腻、复杂、微妙。

（2）注意细节的描绘、气氛的渲染，对烘托主题起到了良好作用。

（3）叙事与抒情融为一体，字字血泪，真实生动，有史诗般的效果。

五、论述题：本大题共 2 小题，每小题 14 分，共 28 分。

44．【答案】

（1）以文为诗。如《山石》汲取了游记散文的叙事手法，形成了诗歌的散文化。

（2）狠重奇险。韩愈在艺术上蓄意追求狠重、怪奇、险劲的境界。

（3）以丑为美。将生活中的丑陋事物写入诗中。

（4）偶有富于神韵、清新自然的诗作，近似盛唐人的诗。

45.【答案】

柳宗元文学散文的艺术风格：

（1）寓言散文大都结构短小而极富哲理意味。例如《黔之驴》。

（2）山水游记善于选取深奥幽美的小景物,精心刻画,极具艺术之美。有时采用象征手法,移情于景,寄寓身世之感。例如《始得西山宴游记》。

（3）总体艺术风格沉郁凝练,冷峻峭拔、具有凄幽、愤激、冷峻的色彩和浓郁的诗意。